古典詩歌研究彙刊

第 二 三 輯

龔鵬程　主編

第 **2** 冊

唐宋詩中的孔子（下）

周 岩 壁 著

國家圖書館出版品預行編目資料

唐宋詩中的孔子（下）／周岩壁 著—初版—新北市：花木
蘭文化事業有限公司，2018〔民107〕
目 2+136 面；17×24 公分
（古典詩歌研究彙刊 第二三輯；第 2 冊）
ISBN 978-986-485-279-6（精裝）
1.（周）孔丘 2.唐詩 3.宋詩 4.詩評
820.91　　　　　　　　　　　　　107001408

ISBN-978-986-485-279-6

9 789864 852796

古典詩歌研究彙刊
第二三輯　第 二 冊　　　ISBN：978-986-485-279-6

唐宋詩中的孔子（下）

作　　者　周岩壁
主　　編　龔鵬程
總 編 輯　杜潔祥
副總編輯　楊嘉樂
編　　輯　許郁翎、王筑　美術編輯　陳逸婷
出　　版　花木蘭文化事業有限公司
發 行 人　高小娟
聯絡地址　235 新北市中和區中安街七二號十三樓
　　　　　電話：02-2923-1455／傳眞：02-2923-1452
網　　址　http://www.huamulan.tw 信箱 hml 810518@gmail.com
印　　刷　普羅文化出版廣告事業
初　　版　2018 年 3 月
全書字數　266315 字
定　　價　第二三輯共 14 冊（精裝）新台幣 22,000 元

唐宋詩中的孔子(下)

周岩壁 著

目

次

第三章　孔子的誤讀及其在唐宋詩裏的表徵影響

　　前面兩章，我們具體考察了唐宋詩對孔子生時相關事件和孔子與六經的表徵，發現兩點：唐宋詩對孔子的不幸遭際，遠比對孔子的際遇尊榮更感興趣；宋代詩歌對孔子和六經關係的陳述，比唐代大增，不厭其煩，它有潛在的意圖，就是通過孔子的聖性傳遞維持六經的崇高。本章的研究策略有所調整。我們先從文獻中梳理出孔子被誤讀的大致輪廓，然後再來看這種誤讀在唐宋詩裏的表徵，以及它對唐宋詩人的影響；落腳點仍在唐宋詩。被認為是解構主義者的布盧姆（Harold Bloom）曾說，一切閱讀都是誤讀（all readings are misreadings）；但從邏輯上說，誤讀本身暗示有一個正讀存在。〔註1〕本章借鑒誤讀的說法。具體地說，孔子的誤讀，就是後世，主要是釋道二教及民間對孔子本質特性的抽換，或扭曲的解讀。

〔註 1〕Jonathan Culler，On Deconstruction：Theory and Criticism after Structuralism. Cornell University Press, 1982:175.參見王先霈、王又平主編《文學理論批評術語彙釋》，北京：高等教育出版社，2006：558：「誤讀」。

第一節　道教對孔子的誤讀：神仙

一、莊子有意誤讀

　　孔子生前，對他的誤讀——本質的扭曲已經出現了。《論語·八佾》：「子入太廟，每事問。或曰：『孰謂鄹人之子知禮乎？入太廟，每事問！』」這還可說是旁觀者的無知，以蠡測海；但孔子死後不久，其親炙弟子已經異見紛紛：《論語·子張》：

> 　　子夏之門人問交於子張。子張曰：「子夏云何？」對曰：「子夏曰：『可者與之，其不可者拒之。』」子張曰：「異乎吾所聞：君子尊賢而容眾，嘉善而矜不能。我之大賢與，於人何所不容？我之不賢與，人將拒我，如之何其拒人也？」

　　由於孔子內涵的豐富性，所謂夫子之道大無所不容，諸弟子隨所造深淺，各有所見，各有所取，各有所得。對孔子的誤讀，一開始就顯示出某種程度上的不可避免性，但還不是有意識的誤讀。胡應麟《少室山房筆叢》卷十一云：「諸子百家並出於春秋之世，所以誣衊帝王聖哲者無所不至；然於吾仲尼未嘗不知所尊事也。特其學褊術陋，雖間引仲尼以自文，而踳駁不中，誕幻無稽，適所以誣衊之。然而未敢有昌言以排之，極論以毀之者。有之，蓋自墨翟始。……莊周遠出翟後，蓋聞其風而興起焉爾。周之為書蕩乎禮法之外，自神農以至湯武，靡不在其戲侮之列！其敢於非聖蓋無足怪。」〔註2〕就是說，這種有意識的誤讀孔子是從墨子開始的，到莊子則變本加厲。胡應麟又說：

> 　　莊周《南華》其文辭瑰瑋橫放，固獨行天地間。至掊擊聖神、凌侮賢哲，亦生民以來未有之變也。眉山氏癖其文辭，而謂《盜跖》、《讓王》四篇非周作，尋其旨趣或近之。至以《天下篇》不敘仲尼為陽擠陰助，則亡謂之大

〔註2〕胡應麟《少室山房筆叢》(影印本)，《四庫筆記小說叢刊》(第三輯)，上海：上海古籍出版社，1993：286～7。

者！……若戰國之時，仲尼雖沒，六經之道燦如日星，周
能大聲疾呼以暴其教於天下……周方槌仁提義，廢禮絕
樂，欲以一人私臆掃百代名教而空之！爰自神農氏，下至
堯舜禹湯文武，亡弗詆訶；而仲尼當時特巍然為仁義禮樂
之宗，故尤極意訕譏，恣其唇吻。蓋文固弗子；夷考其實，
則尤甚焉。真所謂小人之無忌憚者！……以為陽擠陰助：
吾恐後世之人將遂以其文並既（及）其實；其為禍也必不
鮮矣。

　　胡應麟說的「眉山氏」以莊子「陽擠而陰助」孔子，是指蘇軾的
《莊子祠堂記》一文。其中說：「謹按《史記》：莊子與梁惠王、齊宣
王同時，其學無所不窺，然要本歸於老子之言；故其著書十餘萬言，
大抵率寓言也。作《漁父》、《盜跖》、《胠篋》以詆訾孔子之徒，以明
老子之術。──此知莊子之粗者。余以為，莊子蓋助孔子者；要不可
以為法耳。」〔註3〕很大程度上，這本是才子為文，故作跌蕩的狡獪，
姑妄聽之可矣，卻偏偏有不少人信以為真。胡應麟雖然苦口婆心地洞
燭明白，後來卻又有蘇軾的四川老鄉郭沫若對「陽擠陰助」說再加發
揮，進而考證──應該說是推斷出莊子是「顏氏之儒」──顏回的學
生！〔註4〕

　　而且，蘇軾這一說法，在當時並非僅有。《王安石全集》卷六十
八《莊周》（上）引「學儒者言：『莊子之書，務詆孔子，以信其學說！』」
荊公為之辯解：「夫儒者之言善也，然未嘗求莊子之意也。」《莊周》
（下）云：「學者詆周非堯、舜、孔子，余觀其書，特有所寓而言耳。」
〔註5〕玩其文意，似乎心目中有蘇軾《莊子祠堂記》在。但也有未必
受蘇軾影響的：《全宋詩》卷四○○金君卿《文相生日》：「莊周肆詆
訕，所以尊孔尼！發揮自公手，千載無沉迷。」據《四庫全書總目》

〔註3〕顧之川點校《蘇軾文集》，長沙：嶽麓書社，2000：231。
〔註4〕郭沫若《十批判書》，《中國古代社會研究》（外二種），石家莊：河北
　　　　教育出版社，2004：624。
〔註5〕寧波等校點《王安石全集》，長春：吉林人民出版社，1996：734～5。

卷一五三考證，金君卿以皇祐二年（1050年）官秘書丞，五年（1053年）官太常博士；與曾鞏、文彥博、韓琦、范仲淹、歐陽修、王安石有詩文往還。「所遊者皆一代端人正士，故詩文清醇雅飭，猶有古風。」上引詩就是獻給文彥博的。玩味詩意，似乎文彥博曾提出莊子詆訕孔子，正所以尊之的觀點。而文彥博生於真宗景德三年（1006年），比蘇軾長31歲；蘇軾《莊子祠堂記》作於元豐元年（1078年），文彥博自不大可能剿襲蘇軾。姚鼐《莊子章義序》駁斥《莊子·天下篇》推尊孔子，云：「周蓋以天人自處，故曰『上與造物者遊』，而序之居至人、聖人之上；其辭若是其不遜也。而蘇子瞻、王介甫乃謂其推尊聖人，自居於不該不遍、一曲之士，其於莊生抑何遠哉！」〔註6〕誠所謂後來居上，如老吏斷獄，斬斷葛藤；自蘇軾以來的此類議論，可以息喙矣。

　　莊子對孔子的誤讀是多方面的，有意識的。高似孫《子略》卷二論《莊子》云：「其言託孔子以自致其過者，二十九章……無稽之論，狎聖侮道，茲為甚矣。」〔註7〕雖然大家明知在莊子那裡，孔子的本質被代換，成了莊子思想的傳聲筒，但《莊子》仍然暢行無阻，影響遠大於《墨子》。胡應麟把它歸功於莊子的文學才能，上引文字已表達了這個意思；在駁斥楊慎「（莊子）未嘗毀孔子也，毀彼假孔子之道而流為子夏氏之賤儒、子張氏之賊儒者也」時，胡應麟明確地說：「夫莊周文章絕奇，而理致玄眇。讀之未有不手舞足蹈，心曠神怡者。故古今才士，亡弗沈冥其說：第以為空青水碧，物外奇觀可矣。必為說文之，是以火濟火也。」（《少室山房筆叢》卷十一）梅堯臣《赴刁景純招作將進酒呈同會》：「著書欲傳道，未必如孔丘！——當時及後代，見薄彼聃周。」（《全宋詩》卷二五四）亦深慨孔子生時被老子教訓，死後又受莊子嘲弄。

〔註6〕王先謙編《續古文辭類纂》，《正續古文辭類纂》，杭州：浙江古籍出版社，1998：297。

〔註7〕高似孫《子略》，瀋陽：遼寧教育出版社，1998：49。

二、道家惡意誤讀：盜丘

　　莊子對孔子的誤讀，主要目的在於，借儒家孔子抬高道家，顯示老莊道高一籌，連別派的教主都五體投地！莊子在有意誤讀孔子的時候，還對孔子保持著相當程度的尊重。莊子之後，諸子爲求世主任用，觀念上的辨爭，實際上的爭奪更加激烈。莊子後學對孔子的誤讀，不免師莊子之故智；而且變本加厲，可以說已由誤讀而流於對孔子的人身攻擊。其中，借盜跖對孔子的批評，惡意誤讀下，孔子成了「盜丘」，簡直是達到誤讀的極致。

　　《莊子・盜跖》中，借——與「孔子相去百餘歲」的柳下惠的硬被派給爲兄弟、而實際上並不與柳下惠同時的——盜跖的口，〔註 8〕斥孔子是「魯國之巧偽人」，「罪大極重」：「作言造語，妄稱文、武，冠枝木之冠，帶死牛之脅，多辭繆說，不耕而食，不織而衣，搖脣鼓舌，擅生是非，以迷天下之主，使天下學士不返其本，妄作孝悌而僥倖於封侯富貴者也。」「今子修文、武之道，掌天下之辯，以教後世，縫衣淺帶，矯言偽行，以迷惑天下之主，而欲求富貴焉。盜莫大於子！——天下何故不謂子爲盜丘，而乃謂我爲盜跖？」錢鍾書指出：「《呂氏春秋》及《列子》均謂狐父之盜名丘，而《莊子・盜跖》訶孔子曰：『盜莫大於子，天下何故不謂子爲盜丘！』無心偶合乎，抑有意影射耶？」〔註 9〕錢氏此處語氣，似乎懸而未決，不欲作的論。其實，這只是套用傳統的修辭手法，其意在肯定。〔註 10〕

〔註 8〕郭慶藩輯《莊子集釋》，《諸子集成》（第 3 冊），上海：上海書店出版社，1996：427：柳下惠「是魯莊公時，孔子相去百餘歲」。引俞樾云：「跖爲何時人竟無定。」「孔子與柳下惠不同時，柳下惠與盜跖亦不同時！」

〔註 9〕錢鍾書著《管錐編》，北京：中華書局，1991：530。

〔註 10〕錢鍾書在論韓愈「其眞無馬邪？其眞不知馬也？」時說：下句「道出眞因實況，雖問人而不啻己自答。」（《管錐編》，北京：中華書局，1991：882。）正可證此。就是說，《莊子》的「盜丘」已經影響到諸子！錢鍾書說：「《列》之襲《莊》，世所熟知，然只睹其明目張瞻者，至脫胎換骨、假面化身處，則識破尚鮮也。」（ibid:480.）則「盜

　　然而，「盜丘」在唐宋詩歌裏留下的蹤跡，並不很多。《全唐詩》卷四九張九齡《候使登石頭驛樓作》：「徒然騁目處，豈是獲心遊。向跡雖愚谷，求名異（亦）盜丘。息陰芳木所，空復越鄉憂。」《全宋詩》卷二四五梅堯臣《異同》：「盜跖誚孔氏，弟子將黨歟。跖自驅其眾，日念殺不辜。……爾既不自過，反以此為紆。」〔註11〕「盜跖誚孔氏」是作為「義殊目前乖」的例子；在梅堯臣看來，盜跖當然是個反面人物，而且很頑固，囂張，自以為是！完全沒有被《莊子》淆亂是非。其他人就未必這麼有原則性。卷一三九六張擴《讀錢神論偶成》：「人生嗜好各殊趣，盜跖孔丘更毀譽。不如是非兩置之，萬事欣然隨所遇。」卷一四一四程俱《周憲之用余送趙子雍詩韻作屬德祖及余同作二首》之二：「尚北宮（官）獨冷，塵埃忘跖丘。」我們不要忘了程俱曾說過「我疑東家丘，削跡不自懲」之類懷疑孔子的話；所以，他要「忘跖丘」也並不奇怪。卷二○二○王十朋《剡之市人以崇奉東嶽為名，設盜跖以戲先聖，所不忍觀，因書一絕》：「里巷無端戲

丘」，在錢氏意中猶是列子襲莊子之「脫胎換骨」者歟？《列子・說符篇》載：「狐父之盜丘」見一人餓倒路旁，「下壺餐以餔之」。《列子集釋》引王叔岷云：《呂氏春秋・介立篇》、《新序・節士篇》、《金樓子・雜記上篇》皆載此事。（楊伯峻《列子集釋》，北京：中華書局，1991：263。）盜丘，不是一般的自私自利者，而是頗有仁心、和《水滸傳》所傳揚的梁山好漢有點類似：盜丘的這一內涵在汪中的《狐父之盜頌》中才被闡發得淋漓盡致：「悲心內激，直行無撓。吁嗟子盜，孰如其仁！用子之道，薄夫可敦。悠悠溝壑，相遇以天。孰為盜者，吾將託焉！」（汪中《述學》，瀋陽：遼寧教育出版社，2000：76。）

〔註11〕《全宋詩》卷二四八梅堯臣《寄題金州孫御史處陰亭》：「有形則有影，畏影當念形。日月難久晦，處陰乃暫停。光照不復離，疾走何所寧。當是誚尼父，我輩烏忍聽！」這是莊子借漁父之口，指責孔子「審仁義之間，察同異之際，觀動靜之變，適受與之度，理好惡之情，和喜怒之節，而幾於不免矣。謹修而身，慎守其真，還以物與人，則無所累矣。今不修之身而求之人，不亦外乎！」特別用了一個譬喻：「人有畏影惡跡而去之走者，舉足愈數而跡愈多，走愈疾而影不離身，自以為尚遲，疾走不休，絕力而死。不知處陰以休影，處靜以息跡，愚之甚矣！」（《莊子・漁父》）

大儒，恨無司馬爲行誅。」據丁淑梅《論宋代弄孔子優戲的文化意蘊》考證，〔註12〕此事發生在 1160 年前後，王十朋在湖州任官期間。嵊縣東嶽賽神裝演盜跖調弄孔子故事，王十朋感到義憤塡膺。嵊縣於南宋時市民文化比較發達，正在當時流行溫州雜劇的範圍內。這一事件說明，道家對孔子惡意的誤讀，已經成爲民間文化的組成部份，不加區別地接受，搬演，流佈。

從上引詩句，我們看到，對於有著比較堅定信仰的儒者，像梅堯臣、王十朋〔註13〕，他們對道家把孔子惡意誤讀爲「盜丘」，是採取一種毫不含糊的排斥態度；而對於一般的儒生，因爲道家相對主義觀念的影響，則採取一種「此亦一是非，彼亦一是非」（《莊子·逍遙遊》）的折衷主義的濫調，張擴詩就是一個例子；但對道家惡意誤讀下的「盜丘」並不信從，對先聖孔子，有自己的解讀與理解。

三、乘桴：誤讀的契機

《論語·公冶長》：子曰：「道不行，乘桴浮於海。從我者，其由與？」子路聞之喜。子曰：「由也好勇過我，無所取材。」《論語正義》卷六云：「夫子浮海，是不得已之思，其勢亦不能行；子路信爲實然！」〔註14〕豈止是「好勇過我」的子路信以爲眞，後世更由此而相信孔子和他的七十二高弟——不光子路——都在海上成了悠哉遊哉的仙人！崔鴻《十六國春秋》卷九十七，沮渠蒙遜告訴儒者劉昞：「昔魯人有浮海而失津者，至於亶州見仲尼及七十二子游於海中，與魯人木杖，令閉目乘之……魯人出海，投杖水中乃龍也。」〔註15〕魯人遇見

〔註12〕《中國典籍與文化》（2005 年第 4 期）：90。
〔註13〕梅堯臣和王十朋在《宋元學案》中都有傳。前者被列爲「廬陵（歐陽修）講友」；後者被指爲「紫岩（張浚）門人」。（黃宗羲、全祖望《宋元學案》，北京：中華書局，2007：203；1424～5。）
〔註14〕劉寶楠《論語正義》，《諸子集成》（第 1 冊），上海：上海書店出版社，1996：91。
〔註15〕湯球《十六國春秋輯補》，《吳越春秋》等五種合訂本（《野史精品》第一輯），長沙：嶽麓書社，1996：810。袁珂在《中國神話傳說詞

孔子和七十二子的地方，是個海上島嶼，自在臨近山東半島的東海海面。楊炯《遂州長江縣先聖孔子廟堂碑》：「坐於緇帷之林，浮於亶州之海。」（《全唐文》卷一百九十二）〔註16〕下句正用此事。

比沮渠蒙遜更早、西晉初的陸雲，已經說孔子是仙人了。〔註17〕《全晉文》卷一百三錄陸雲《登遐頌》〔註18〕，文中列舉了二十一位神仙，有王子喬、費長房、左慈等，而孔子赫然與焉！沮渠蒙遜和陸

典》中把「孔子」列爲參考詞目；並從《太平御覽》轉引此事，作爲「子不語怪力亂神，而怪力亂神恒集於孔子之身」的一個例證；但「亶州」，誤作「澶州」！（《中國神話傳說詞典》，上海：上海古籍出版社，1985：468～9。）錢鍾書《管錐編》亦引有此段文字，只是錢氏用的是湯球輯本《十六國春秋》（湯本此段蓋亦輯自《太平御覽》，源同），正作「亶州」，但「浮海失津」則作「浮海失律」（錢鍾書著《管錐編》，北京：中華書局，1991：1148。）而《太平御覽》作「津」字，而且此處自以「津」字於義爲長。此蓋校對之誤——《管錐編》中此類錯誤不少！以致錢鍾書不由歎息「校書如掃落葉」。（《管錐編·再版識語》參看拙書《想不到的西遊記》，北京：北京大學出版社，2015：78②。）《史記·秦始皇本紀》：「發童男女數千人，入海求仙人。」《正義》引《括地志》：「亶洲在東海中，秦始皇使徐福將童男女入海求仙人，止在此洲，其數萬家，至今洲上人有至會稽市易者。吳人《外國圖》云：亶洲去琅邪萬里。」而澶州，則是後來澶淵之盟的地方，它在內地，與「海上」相去甚遠！

〔註16〕董誥等《全唐文》（影印本），上海：上海古籍出版社，1995：853。
〔註17〕這是就文字而言。其實，孔子在漢代畫像石中，已經是神仙了。邢義田說：「兗州石槨上的孔子和老子分別出現在不相連的左右畫框中……他們身旁各有鳥，有似龍似虎或無以名之的異獸和蜿繞的雲紋……鳥、異獸和雲氣是漢人用以描繪或襯托祥瑞、天上、非現實世界或神仙世界不可少的元件。……徵之西漢中晚期開始大爲流行的讖緯圖書，這時（按：指東漢）的孔子被某些人神仙化，應屬自然之事。」（《漢畫解讀方法試探》，邢義田著《畫爲心聲：畫像石、畫像磚與壁畫》，北京：中華書局，2011：430。）類似的畫石不僅在山東有不少，在河南也有發現。並引牟子《理惑論》云：「道家云：『堯舜周孔，七十二弟子，皆不死而仙。』」（ibid：430～1。）這說明，孔子的神仙化，最先是在民間，在畫像石中得到表徵；而沮渠蒙遜講述的那個故事也明顯地具有民間故事的特性。正與此民間小傳統相承。
〔註18〕《全晉文》，嚴可均輯《全上古三代秦漢三國六朝文》，北京：中華書局，1995：2051。

雲還可以說在孔子成仙問題上，有點想當然（know what），純粹是自發性（spontaneous）；是在道教神仙觀念影響下，對孔子無意的誤讀。

　　孔子自己說的「道不行，乘桴浮於海」，對民間把孔子誤讀爲海上神仙，提供了一個契機。不但民間因此而誤讀，就是遣詞造句的詩人，也受到影響，有程度不同的誤讀。孔子「乘桴浮海」在唐宋詩中的表徵，表明了這一點。《全唐詩》卷八八三顧況《曲龍山歌》之二：「子欲居九夷，乘桴浮於海。聖人之意有所在，曲龍何在在海中。」《唐才子傳》卷三言，顧況「素善於李泌，遂師事之，得其服氣之法，能終日不食」；後來「隱茅山，煉金拜斗，身輕如羽」；最後不知所終，「或云，得長生訣，仙去矣」。〔註19〕所以，他認爲孔子「乘桴浮海」，前往曲龍山仙境，意在求仙！似乎尚未成仙，而不是像他的前輩道友陶弘景或後來者杜光庭明確指證的那樣：孔子成仙已是事實！可說是求仙心切的顧況有意誤讀，以將經誤讀處理後的孔子引爲同道，增強求仙的信心？！《岑嘉州詩箋注》卷一《東歸發犍爲，至泥谿舟中作》：「不意今棄置，何由豁心胸。吾當海上去，且學乘槎（按：《全唐詩》卷一九八作「桴」）翁。」注引《博物志》：「舊說云，天河與海通，近世有人居海濱（按：注者引作「渚」，我們依《博物志》卷十徑改）者，年年八月，有浮槎，去來不失期。」又引《論語·公冶長》：「道不行，乘桴浮於海，從我者，其由歟？」〔註20〕可見乘槎上天和乘桴浮海在岑參詩裏已經有點馬牛莫辨！而這二者的近似，至於混淆，給孔子在詩歌裏的神仙化提供了一定的助力。——岑參的意思是：因爲爲官不得意，想要學孔子乘桴而去海上。《全宋詩》卷一〇四七劉弇《送陳師益還建安》：「魯連蹈海徒虛語，尼父乘槎安所逃。」卷一九三二胡銓《次雷州和朱彧秀才韻時欲渡海》：「仲連蹈海齊虛語，魯叟乘槎亦謾談。」情況和岑參類似。

　　《王荊文公詩箋注》卷二十六《次韻葉致遠》：「生涯聊占水中洲，

〔註19〕李立樸《唐才子傳全譯》，貴陽：貴州人民出版社，1995：205。
〔註20〕廖立《岑嘉州詩箋注》，北京：中華書局，2004：245。

豈即乘桴逐聖丘。」《全宋詩》卷二五六梅堯臣《五月十三日大水》：
「吾慕孔宣父，有意乘桴浮。」又，卷二五九《王平甫惠畫水臥屏》：
「但慕乘桴公，空能誦唐堯。」卷六〇二劉攽《奉和寬叔新橋之什》：
「吾道乘桴浮，斯文以筏喻。」卷七〇四王令《寄介甫》：「終見乘桴
去滄海，好留餘地許相依。」卷一四二六李光《渡海三首》之二：「須
知魯叟乘桴興，未似商岩濟巨川。」卷一五六一李綱《見報以言者論
六事，其五皆靖康往故，其一謂資囊士人上書以冀復用，謫居海南震
懼之餘，斐然有作》之三：「尼父乘桴居九夷，管寧浮海亦多時。古
來聖賢猶如此，我泛鯨波豈足悲。」給人的印象不光是孔子說說而已，
而是既成事實！卷一六六四郭印《乘桴亭》：「孔子道不行，時君目腐
儒。亂邦難置足，遂欲九夷居。更作乘桴語，與此意何殊。一木異舟
楫，波濤寧可踰。憤世有激爾，蓋用警聾愚。」卷八二四孔平仲《常
甫招客望海亭》：「昔時管寧亦避地，吾祖歎息思乘桴。」卷一二〇〇
李廌《送霍子侔還都》：「皇皇魯聖人，道困將乘桴。」卷八六六蘇轍
《次韻子瞻和陶公止酒》：「飄然從孔公，乘桴南海涘。路逢安期生，
一笑千萬祀。」又，《次韻子瞻過海》：「惜無好勇夫，從此乘桴翁。」
卷一八五八朱松《次韻江謝送花倡酬三首》之三：「乘桴何計去浮家，
學舞空餘短袖嵯。」卷二〇二八王十朋《再用前韻贈韶美》：「乘桴倘
有志，願言呼仲由。」又，《送陳阜卿出守吳興》：「願言如季路，乘
桴共公浮。」卷一四〇四葉夢得《雨夜西堂獨宿》：「我非乘桴翁，詎
敢辭繫匏！」卷一四二二李光《東坡載酒堂二詩，蓋用淵明始春懷古
田舍韻，遂不見於後集；予至儋始得眞本，因追和其韻》之二：「魯
叟欲乘桴，東坡願卜鄰。」卷一三三三釋德洪《和陳奉御遊梁山》：「南
遊興未已，甚欲乘桴木。」卷一四八二孫覿《志新誦近詩次韻二首》
之二：「便欲乘桴從魯叟，不須歌鳳歎周衰。」卷三一三七白玉蟾《題
仙槎寄呈王待制》：「初非孔聖乘桴志，薄類梁僧渡葦謀。」卷三一〇
九張侃《觀海》：「孔聖道不行，乘桴浮於海。」卷三六二九林一龍《觀
海》：「昔者吾夫子，浮海思乘桴。所願鷗鳥同，浩蕩煙中徂。」可見

宋人於此大致有兩種情形：一是言孔子「有意乘桴」，「思乘桴」，「將乘桴」，「欲乘桴」，多是憤激之談，願望並未達成，徒託空言。一是以李綱和蘇轍詩爲代表，曰「尼父乘桴居九夷」，曰「飄然從孔公」，都好像是既成事實！他們當然不至於對孔子虛實莫辨，如此「信天遊」，只是爲詩歌而詩歌罷了。總之，前一種情形在宋詩中占絕對優勢。就是說，「乘桴」作爲孔子仙化的一個契機，在詩裏並沒有太豐富的成績。

　　我們注意到，孔子「乘桴」遠遊和「乘槎」訪仙在唐宋詩裏有混用的傾向。如果說是詩人們對這兩個故典一知半解、張冠李戴，恐怕有點難滿人意。其實，「乘桴」與「乘槎」的混淆是有深層原因的。就是：「遠遊」，即孔子的「乘桴」，是出於對社會現實的不滿，在不能改變現實的情況下，向外尋求主體精神的舒展與自由。孔子說「道之不行」，猶屈子在《遠遊》中「悲時俗之迫厄兮，願輕舉而遠遊」。而「遊仙」，則是渴望肉體之我的永生長存，不死不滅，是幻想對自然加在我們身上的軛的擺脫。因爲，靈與肉實爲一體，所以「遊仙」與「遠遊」往往也相互闌入，難分彼此。正是由於這一點，屈原的《遠遊》也可以說就是「遊仙」。其中出沒著赤松子、韓眾、王喬等仙人。〔註 21〕也正是由於這一點，遠遊詩才在後世衍生出數量眾多的遊仙詩。這不光是唐宋詩中「乘桴」與「乘槎」相混的原因所在，也是孔子所以被道教神仙化的一個便利的切入點。

四、孔子仙化對李白蘇軾的影響

　　到葛洪（284～363）情況就不一樣了。他是道教大宗師，爲發展壯大道教不遺餘力，對能夠利用的資源決不輕易放過。他不但把墨子

〔註21〕王逸在小序中說：「屈原履方直之行，不容於世。上爲讒佞所譖毀，下爲俗人所困極。章皇山澤，無所告訴，乃深惟元（玄）一，修執恬漠。思欲濟世，則意中憤然；文采鋪發，遂敘妙思。託配仙人，與俱遊戲，周歷天地，無所不到。」（洪興祖《楚辭補注》，北京：中華書局，2008：163。）

收入所撰《神仙傳》(《神仙傳》卷四)，而且在《抱朴子》(內篇)之《辨問》中，論證「周孔皆已升仙」：

> 可以言周孔皆已升仙！但以此法不可以訓世，恐人皆知不死之可得，皆必悉委供養，廢進官，而登危浮深以修斯道——是爲家無復子孫，國無復臣吏，忠孝並喪，大倫必亂。故周孔密自爲之，而秘不告人。外託終亡之形，內有上仙之術。〔註22〕

所以蘇軾《和陶讀山海經》〔註23〕之九云：「仲尼實不死，於聖亦何負？」正是對葛洪周孔升仙說的響應。《蘇軾詩集合注》卷四十把這一組詩定爲蘇軾貶謫惠州時的作品，屬於蘇軾詩歌創作的晚期。這時詩人屢受打擊，老境頹唐，修仙學道的興趣濃厚，自然會對葛洪的這類觀點大感投契，引起共鳴。《和陶讀山海經》之一云：「學道雖恨晚，賦詩豈不如？」之五：「長生定可學，當信仲弓言。支床竟不死，抱一無窮年。」〔註24〕之十二：「攜手葛與陶，歸哉復歸哉！」在《和陶讀山海經》引中，蘇軾說：「淵明《讀山海經》十三首，其七解仙語。」所以，蘇軾最後滿懷企慕，要和二人一道仙去！又，卷一《巫山》：「神仙固有之，難在忘勢力。」卷十二《回先生過湖州東林沈氏飲，醉，以石榴皮書其家東老庵之壁，云：「西鄰已富憂不足，東老雖貧樂有餘。白酒釀來因好客，黃金散盡爲收書。」西蜀和仲聞而次其韻三首。東老，沈氏之老自謂也——湖人因以名之，其子偕作詩有可觀者》：「世俗何知窮是病？神仙可學道之餘。」意思是說，世俗以貧窮爲病，追求富貴，孳孳營求；豈知學道之士，樂而自足，登仙有望！蘇軾在道教思想影響下，像鬧盡笑話的秦皇漢武一樣，相信「神仙可學」，並不反對道教宣稱「仲尼實不死」；認爲這種說法「於聖何負」，沒有辱沒

〔註22〕王明《抱朴子內篇校釋》，北京：中華書局，1980：206。
〔註23〕馮應榴《蘇軾詩集合注》，上海：上海古籍出版社，2001：2069～76。
〔註24〕施注引《抱朴子》云：「故太丘長潁川陳仲弓，篤論士也，撰《異聞記》云：其郡人張廣定者，遭亂，常避地，有一女，年四歲，不能步涉。」只好將之棄諸古冢，三年後，發現此女尚存活，蓋得龜息之術云。(王明《抱朴子內篇校釋》，北京：中華書局，1980：42。)

孔子！這在唐宋詩人中，並不是個別現象，陸游同樣有這樣的迷信。《劍南詩稿》卷四十四《讀仙書作》：「人間事事皆須命，惟有神仙可自求！」又，卷五十《對酒》：「神仙豈易學，富貴不容求！」前者說神仙可學得，後者說神仙不易學——難學，只要努力尚可企及，總要苦盡甘來，終成正果；而像富貴由命，則雖盡力求之亦不能得，純是竹籃打水一場空：求仙與求富貴的區別在陸游看來大不相同！

　　而到蕭梁時代的陶弘景，神仙不再是僅僅鬆散地收羅到一起作爲列傳，而是開始像梁山泊英雄排坐次，有個高下之分了。據傳是陶弘景撰的《眞靈位業圖》，其中「以孔子爲第三左位太極上眞公，顏回爲明晨侍郎，秦始皇爲酆都北帝上相，曹操爲太傅，周公爲西明公，比少傅，周武王爲鬼官北斗君」。(《四庫全書總目》卷一四七)〔註25〕道教不但把儒家的孔子作爲神仙拉進來，而且把顏回、周公——儒家推尊的聖賢，始皇、曹操、周武王——功業赫赫的帝王，全都收編，眞是野心勃勃！

　　到唐代，道教更加昌盛，晚唐的杜光庭（850～933），是個重要人物，唐亡後，他在後蜀以道家巨子受到敬禮。《宣和畫譜》卷五開出這位道教巨子一連串的榮譽頭銜：「授：傳眞大師、特進，檢校太傅、太子賓客，兼崇文館大學士，行尙書戶部侍郎，廣成先生，上柱國、蔡國公。」〔註26〕杜光庭著有《神仙感遇記》。其中把孔子稱作「廣桑君」，見《太平廣記》卷十九《韓滉》：有商客李順，泊船於京

〔註25〕《四庫全書總目》（影印本），北京：中華書局，1995：1258。日人窪德忠在《道教諸神》中說：「六世紀前半期，人們已經把孔子、顏回視爲道教神了；因此現在（按：指1940年代）的白雲觀供奉孔子像，也不足爲奇。」此書附錄二《神明一覽表》，有「孔夫子」，「俗稱『孔子公』，生日九月二十八日」。〔窪德忠著（蕭坤華譯）《道教諸神》，成都：四川人民出版社，1996：64：194。〕汪小洋《中國百神圖文誌》把孔子列爲「教育神」之首，另外還有五文昌等。（汪小洋《中國百神圖文誌》，上海：東方出版中心，2009：181～3。）
〔註26〕轉引自《唐人逸事彙編》卷三十七，周勳初主編《唐人逸事彙編》，上海：上海古籍出版社，2006：2048。

口堰下，夜爲風所飄。天明，發現泊一山下，「上岸尋求，微有鳥徑。行五六里，見一人烏巾岸幘，古服與常有異，相引登山，詣一宮闕，臺閣華麗，迨非人間。入門數重，庭除甚廣，望殿遙拜，有人自簾中出」。委託李順帶書給在金陵的韓滉，並告訴李順：「此東海廣桑山也，是魯國宣父仲尼得道爲眞官，理於此山。韓公即仲由也，性強自恃——夫子恐其掇刑網，致書以諭之。」於是，在廣桑君——也就是道教處心積慮誤讀的孔子，仙術幫助下，「舟行如飛，頃之復在京口堰下，不知所行幾千萬里也」。而那封書，「韓公發函視之，古文九字，皆科斗之書，了不可識。」云云。〔註27〕所以，蘇軾《和陶讀山海經》之九，讚歎：「遼哉廣桑君，獨顯三季後！」（《蘇軾詩集合注》卷四十）直是用杜光庭的說法。我們從杜光庭的敘事裏，感到孔子雖成了仙，但地位並不很高。即使如此，蘇軾已經羨慕得了不得，因爲廣桑君到底是與天地相始終的神仙呵；蘇子瞻再有才，嬉笑怒罵，皆成錦繡文章，卻也難免七十古來稀，終吃一個土饅頭！

　　《太平廣記》卷六十五《姚氏三子》，也引自杜光庭《神仙感遇記》：姚御史罷官居蒲，爲了叫他的一子二甥好好讀書，「於條山（按：當作中條山）之陽，結茅以居之」。一夕有「有蒼頭及紫衣宮監數十，奔波而至，前施屛幃，茵席炳煥，香氣殊異；旋見一油壁車，青牛丹轂，其疾如風，寶馬數百，前後導從，及門下車。」來的是個「風姿甚整」的三十多歲的夫人，要把她十七八歲的三個美貌女兒嫁給三子。三子卻擔心父親/舅舅快要來考較學業了，憂心忡忡。「夫人曰：『君勿憂，斯易耳！』乃敕地上主者，令召孔宣父。須臾與孔子具冠劍而至，夫人臨階；宣父拜謁甚恭。夫人端立，微勞問之，謂曰：『吾三婿，欲學；君其引之！』宣父乃命三子，指六籍篇目，以示之——莫不了然解悟，大義悉通，咸若素習。既而宣父謝去。」〔註28〕錢鍾

〔註27〕李昉等編《太平廣記》（影印四庫全書本），上海：上海古籍出版社，1990：107～8。

〔註28〕李昉等編《太平廣記》（影印四庫全書本），上海：上海古籍出版社，

書指出：「此道士之明抑儒家也。」〔註29〕這位突如其來的神仙夫人，對孔子的頤指氣使，和土財主使喚自家坐冷板凳的教書先生，相去無幾。

宋代道流，雖然沒有像前輩杜光庭那樣把孔子拉壯丁似的來派活兒，機會適當，也會想到孔子。比如《夷堅丙志》卷一《九聖奇鬼》：巫沈安之所召神將言：「堯舜在天爲左右相，文王典樞密，孔子居翰苑。」說的話和不識字的李逵異曲同工。〔註30〕──所以，洪邁也不由的斥爲「鄙野可笑」。（按：洪邁說此篇本於道學家薛季宣的《志過》一文）此巫把儒家聖王堯舜與聖人周孔，都安置在道教化的天帝朝廷裏，不費吹灰之力地召了安；可能受到陶弘景、杜光庭道教巨子等影響，對孔子的有意誤讀與野心收編的策略有聯繫。──謬種總是易於流傳！《夷堅志補》卷二十三《天元鄧將軍》：習「靈寶大法」的趙善蹈召來的神鄧將軍，頗通文墨，說：「昔有親戚，犬死，不忍置諸刀機，用古人蔽（按：當作弊或敝，不知是將軍之誤，抑校對之誤！）蓋不棄之說，裹以青傘，埋於屋後。」〔註31〕《禮記·檀弓》下：「仲尼之畜狗死，使子貢埋之。曰：『吾聞之，敝帷不棄，爲埋馬也；敝蓋不棄，爲埋狗也。』」〔註32〕道教之神，不願歸美於儒家的孔子，就用「古人」二字蒙混過去了。這和硬把孔子異化爲神仙雖然外在表現上相反，但其動機一樣，就是：孔子對於道家和由之衍生出的道教來說，是可利用的資源，要麼爲我所用，要麼抹殺，沒有中間路線可走！

　　1990：325～6。

〔註29〕錢鍾書著《管錐編》，北京：中華書局，1991：670。

〔註30〕洪邁《夷堅志》，北京：中華書局，2006：366。《水滸傳》第四十一回，李逵的理想是「殺去東京，奪了鳥位：晁蓋哥哥便做了大皇帝，宋江哥哥便做了小皇帝，吳先生做個丞相，公孫道士便做個國師，我們都做個將軍！」第六十七回，李逵又說：「哥哥便做皇帝，教盧員外做丞相，我們都做大官！」

〔註31〕洪邁《夷堅志》，北京：中華書局，2006：1760。

〔註32〕陳澔《禮記集說》（影印本），上海：上海古籍出版社，1993：62。

　　前面曾引蘇軾詩，表明蘇軾已受道教誤讀孔子思想的影響，但也只是就成仙這一點上有所表現，尚沒有因此在詩中過於貶抑孔子。而對孔子的明確貶抑，在李白的詩中，有蹤跡（trace）可尋。李白深受道教思想影響。《李太白全集》卷二十七《金陵與諸賢送權十一序》：「吾希風廣成，蕩漾浮世，素受寶訣，爲三十六帝之外臣。即四明逸老賀知章，呼余爲謫仙人——蓋實錄耳。而嘗採姹女於江華，收河車於清溪，與天水權昭夷服勤爐火之業久矣。」〔註33〕又，《冬夜於隨州紫陽先生餐霞樓送煙子元演隱仙城山序》：「吾與霞子元丹、煙子元演，氣激道合，結神仙交；殊身同心，誓老雲海不可奪也。歷行天下，周求名山，入神農之故鄉，得胡公之精術。胡公身揭日月，心飛蓬萊，起餐霞之孤樓，煉吸景之精氣，延我數子，高談混元，金書玉訣盡在此矣。」卷二《古風五十九首》之五：「我來逢眞人，長跪問寶訣。粲然啓玉齒，授以煉藥說。……吾將營丹砂，永與世人別。」之十七：「金華牧羊兒，乃是紫煙客。我願從之遊，未去髮已白。……崑山採瓊蕊，可以煉精魄。」之四十一：「朝弄紫泥海，夕披丹霞裳。揮手折若木，拂此西日光。雲臥遊八極，玉顏已千霜。飄飄入無倪，稽首祈上皇。呼我遊太素，玉杯賜瓊漿。一餐歷萬歲，何用還故鄉。永隨長風去，天外恣飄揚。」卷四《古有所思》：「我思仙人，乃在碧海之東隅。」卷五《鳳笙篇》：「仙人十五愛吹笙，學得昆丘彩鳳鳴。始聞煉氣餐金液，複道朝天赴玉京。」王琦云：「此詩是送一道流應詔入京之作。」又，《來日大難》寫求長生，對譏其妄作者，嗤之以鼻：「仙人相存，誘我遠學……下士大笑，如蒼蠅聲！」卷七《西岳雲臺歌送丹丘子》：「雲臺閣道連窈冥，中有不死丹丘生。明星玉女備灑掃，麻姑搔背指爪輕。」卷十三《安陸白兆山桃花岩寄劉侍御綰》：「雲臥三十年，好閒復愛仙。蓬壺雖冥絕，鸞鶴心悠然。」卷十九《答湖州迦葉司馬問白是何人》：「青蓮居士謫仙人，酒肆藏名三十春。」

〔註33〕王琦注《李太白全集》，北京：中華書局，1999：1263～4。

　　此類詩在太白集中，連篇累牘。《甌北詩話》卷一：「青蓮少好學仙，故登真度世之志，十詩而九。……其視成仙得道，若可操券而致者——蓋其性靈中所自有也。」〔註34〕李白簡直可以說是個虔誠的道教徒。《李太白全集》卷三十四引趙次公《杜工部草堂記》：「白之詩多在風月草木之間，神仙虛無之說，亦何補於教化哉！」《詩人玉屑》卷十四引蘇子由（蘇轍）的話：「李白詩類其為人，俊發豪放，華而不實，好事喜名：不知義理之所在也！」〔註35〕從詩中可以看出，太白求仙有一特點，即不講「修煉」。逃避個人苦行，妄圖依靠他人，乞得煉成的仙丹，或真人授以寶訣，或上皇賜以瓊漿；一點兒也不用自己焦心勞身傷神。可以說，太白在求仙上是個完全的機會主義者！〔註36〕這也是他浪漫精神在求仙上的反映。太白一生，好像從來都是腳不點地地飄浮在空中，自由來去。這樣的性情，已經與孔子那種知其不可而為之，腳踏實地的行義成仁，厚德篤實作風，格格不入。再加上深入骨髓的道教影響，對孔子的誤讀，太白不自覺地對儒家與孔子予以貶抑與譏笑。《李太白全集》卷二《古風五十九首》之二十八：「古來聖賢人，一一誰成功！……不及廣成子，乘雲駕飛鴻。」尚不是專門針對孔子和儒家；但儒家和孔子自是瞠乎難比高高在上的廣成子！之三十：「大儒揮金椎，琢之詩禮間。蒼蒼三珠樹，冥目焉能攀！」此處用《莊子・外物》「儒以詩禮發冢」的誣衊，說儒家大師做著類似鼠竊狗偷的勾當，哪裏曉得仙家妙用！卷三《行行且遊獵篇》：「儒生不及遊俠人，白首下帷復無益！」卷六《少年行》：「衣冠半是征戰士，窮儒浪作林泉民！」儒生在李白的價值譜系上，不但比仙人、求道者低，而且和遊俠、戰士也不能

〔註34〕趙翼《甌北詩話》，郭紹虞《清詩話續編》，上海：上海古籍出版社，1999：1142～3。

〔註35〕魏慶之《詩人玉屑》，北京：人民文學出版社，2007：426。

〔註36〕蘇軾《留題仙都觀》：「學仙度世豈無人，餐霞絕粒長苦辛。」（《蘇軾詩集合注》卷一）可見這種取巧心理是人性弱點的表現，有普遍性。

相提並論——只配沒沒無聞，老死林泉！趙翼說：「青蓮一生本領，而在五十九首古詩之第一首。」〔註37〕其中說：「大雅久不作，吾衰竟誰陳？……我志在刪述，垂輝暎千春。希聖如有立，絕筆於獲麟。」把詩經之後的全部詩歌，一筆抹殺；以孔子的繼承人自居，要整頓孔子以後亂糟糟的文學場地。尚可說是自視甚高，目無餘子而已。〔註38〕《李太白全集》卷十二《書懷贈南陵常贊府》：「君看我才能，何似魯仲尼？」卷十四《廬山謠寄盧侍御虛舟》：「我本楚狂人，鳳歌笑孔丘。」卷二十七《送戴十五歸衡嶽序》：「白上探玄古，中觀人世，下察交道，海內豪俊相識如浮雲。自謂德參（伯）夷、顏（回），才亞孔、墨。」卷二十八《崇明寺佛頂尊勝陁羅尼幢頌》：「共工不觸山，媧皇不補天；其洪波汨汨流，伯禹不治水，萬人其魚乎；禮樂大壞，仲尼不作，王道其昏乎？而有功包陰陽，力掩造化，首出眾聖，卓稱大雄，彼三者之不足徵矣！」李白稱佛爲「金仙」——可說是天竺之佛被道教徒李白給「神仙化」了。女媧、大禹、孔子與「大雄」相比，都不值一提了。卷十三《寄王屋山人孟大融》：「願隨夫子天壇上，閒與仙人掃落花。」這就是太白升仙的志願：在天上爲神仙作些打掃衛生的工作。《太平廣記》卷八引《神仙傳》說淮南王劉安「雞犬昇天」之後，在天上「謫守都廁三年」——打掃廁所！〔註39〕其實和太白「掃落花」的理想沒有什麼本質的差別。太白雖號爲詩仙，但實質上有鄙吝的一面。而他在道教求仙思想影響下，對儒家孔子因無法認同而自以爲是地加以誤讀、扭曲，態度的

〔註37〕趙翼《甌北詩話》，郭紹虞《清詩話續編》，上海：上海古籍出版社，1999：1139。

〔註38〕錢鍾書認爲太白此詩：「蓋亦深慨風雅淪夷，不甘以詩人自了，而欲修史配經，全篇本孟子『詩亡然後《春秋》作』立意。」（錢鍾書著《談藝錄》，北京：中華書局，1993：29。）也就是說，太白在此詩中表示，要做唐代的「孔子」。

〔註39〕錢鍾書說：「不謂天闕竟有『都廁』，是神仙未免便溺也。」「《神仙傳》言天上有『都廁』，直是失口！」（《管錐編》，北京：生活・讀書・新知三聯書店，2007：992～3。）

輕薄，就表明了這一點。〔註40〕令我們感到「深深深幾許」的惋惜。另外，太白雖受道教對孔子誤讀的影響，但他對道教就孔子成仙的處心積慮，卻絲毫未見採取和領受——不承認孔子成仙！孔子和理想的仙人在他的詩裏正相對待，處於兩極。此亦太白迥不猶人處。

　　李白和蘇軾，可以說是唐宋詩歌史上最有天才的詩人。都因受莊子、道家、道教影響，對道教的神仙之說也有不同程度的信仰，或直接接受他們對孔子的誤讀，或在這種影響之下，自以為是地誤讀孔子，貶抑孔子，嘲笑孔子。但在詩歌中顯示出的方式有明顯區別。太白是大言不慚，開口見喉嚨；東坡則不然，繞路說禪，指山說磨！為什麼會有這種風格上的差異？我們認為，個人性情，文化涵養之外，時代因素也起著重要作用。唐代三教並重，孔子地位並不高於釋道二教教主，宋代則理學興起，孔子地位大幅上升。何況，東坡因元豐二年（1079年）烏臺詩案，《獄中寄子由》說「夢繞雲山心似鹿，魂飛湯火命如雞」，險些性命不保！即使不是驚弓之鳥，總是心有餘悸。所以晚年貶謫惠州等地的詩，求仙氣息濃厚，接受道教誤讀的孔子，雖好遊戲嘲謔，卻也對孔子不敢公開地過於戲侮！

　　簡要地說，從本文的描述中，可以看出莊子、道家、道教對孔子的誤讀，是有意識的，也是有歷史承繼性的。他們都立足於特定的歷史情境，依照各自的需要和意圖，對孔子進行誤讀，由此實現暫時性主體與作為客觀文本的孔子之間的視界融合（fusion of horizon），生成神仙化的孔子。他們對孔子的誤讀，對後世造成不小影響；這在唐

〔註40〕葉嘉瑩也注意到「李白對孔子不怎麼尊敬」，並解釋說：「因為他本身是一個不羈的天才，所以不願遵守那些死板的禮法。可是儒家思想中也有一樣東西打動了他，那就是儒家用世的志意。認為太上立德，其次立功，其次立言。（按：此說見《左傳》襄公二十四年，是叔孫豹述其所聞——並不是儒家獨有的見解。）李白求仕有三個原因：一是追求不朽的願望，顯受儒家影響；二是李白是天才，不甘心使自己生命落空；三是當時是個亟待拯救的危亂時代，所謂才生於世，世實須才，他把拯救世代危亂視為自身使命。」（《葉嘉瑩說初盛唐詩》，北京：中華書局，2008：245。）

宋詩歌裏也得到反映。我們以李白和蘇軾爲例，對這種影響在詩中留下的蹤跡作了分析；這種影響成爲詩人詩歌風格的形成因素之一。對孔子的誤讀雖然由誤讀者積極作爲而完成，但誤讀對象，即孔子自身內涵的豐富性和孔子話語留下的空白的可塡充性，爲誤讀提供了物質基礎和切入點。

第二節　佛教對孔子的誤讀：儒童菩薩

一、佛老弟子的由來

　　韓愈在《原道》中抱怨：「老者曰：『孔子，吾師之弟子也。』佛者曰：『孔子，吾師之弟子也。』爲孔子者，習聞其說，樂其誕而自小也。亦曰：『吾師亦嘗云耳。』不惟舉之於其口，而又筆之於其書。」〔註41〕道家說孔子曾以老子爲師，似乎始於莊子。司馬遷說莊子「著書十餘萬言，大抵率寓言也。作《漁父》、《盜跖》、《胠篋》，以詆孔子之徒，以明老氏之術。」（《史記·老子韓非列傳》）然而，卻又將孔子見老子事採入《史記》。所以，錢鍾書指責司馬遷自相矛盾：既知其「寓言」，又本《莊子·天運》篇鋪張孔子見老子事；認爲陸游《劍南詩稿》卷三十四《讀老子傳》：「但說周公曾入夢，寧於老氏歎『猶龍』？」「即本《論語》以駁馬遷也。」〔註42〕「以宣尼推老子爲虛妄。」〔註43〕的確，在《論語》中，孔子從未提到過老子，只是在《論語·述而》中有「子曰：『述而不作，信而好古，竊比於我老彭。』」老彭是誰，是一個人，是兩個人，皆不可知。所以，熊十力在《原儒》中說：「戰國時學人好尊其師傳，而假古人以爲重。如孔子問禮老聃，必緣於老之後學，欲紐孔以尊老，始造此謠。」〔註44〕

〔註41〕閻琦校注《韓昌黎文集注釋》，西安：三秦出版社（上冊），2004：17。
〔註42〕錢鍾書著《管錐編》，北京：中華書局，1991：309～10。
〔註43〕錢鍾書著《談藝錄》，北京：中華書局，1993：128。
〔註44〕王守常編《中國現代學術經典·熊十力卷》，石家莊：河北教育出版社，1996：147。錢穆說：「孔子適周見老子之說爲傳說，非信史！」

古人多信爲實事。

即使在《原道》中不承認孔子是老子弟子的韓愈，在《師說》中又明白無誤地說：「孔子師郯子、萇弘、師襄、老聃。」劉克莊《用厚後弟強甫韻》之四：「君看尼父生知者，問了萇弘又問聃！」（《全宋詩》卷三〇二七）尚能像前輩詩人陸游，不予致信。但到宋末的遺民詩人陸文圭，就不免諂媚道士，《贈道人周大方》：「吾師之師柱下史，紫氣曾驚關尹喜。」（《全宋詩》卷三七〇九）承認吾師孔子曾以你家老子爲師！

孔子成爲釋迦牟尼的海外弟子，不知究在何時。《全後周文》卷二十三釋道安《二教論》之《服法非老九》引《清淨法行經》：「佛遣三弟子，震旦教化：儒童菩薩，彼稱孔丘；光淨菩薩，彼稱顏淵；摩訶迦葉，彼稱老子。」〔註45〕釋教在這方面好像有點步道家後塵，有意師法；但也後來居上：不但孔子，而且連老子都成了佛的弟子！《實用佛學辭典》「儒童」條：梵名磨納縛迦，譯曰儒童；童子之總稱也。又謂孔子也。溧水縣南七十五里，相傳有儒童寺，本孔子祠；唐景福二年（893年）立，以孔子適楚經此，南唐改曰儒童寺。蓋釋氏有所謂《造天地經》，云：「寶曆菩薩下生世間，曰伏羲；吉祥菩薩下生世間，曰女媧；摩訶迦葉號曰老子；儒童菩薩號曰孔子。」〔註46〕《古

（錢穆《先秦諸子繫年》，北京：九州出版社，2011：5～9。）

〔註45〕嚴可均輯《全上古三代秦漢三國六朝文》，北京：中華書局，1995：4002。亦見《廣弘明集》卷八（陶秉福主編《四庫釋家集成》（上冊），北京：同心出版社，1994：328。）宋人葉廷珪《海錄碎事》卷十三（上）「佛門」之「儒童菩薩」云云，與此全同。疑其轉引《廣弘明集》也。（葉廷珪《海錄碎事》，北京：中華書局，2002：701。）儒童菩薩的說法雖然荒唐，但在歷史上還頗有影響，尤其是在篤信佛教的民間。袁枚《子不語》卷七《仙鶴扛車》，記一修道老翁云：「爲仙爲聖爲佛，及其成功，皆嬰兒也。——汝不聞孔子亦儒童菩薩？」（袁枚《子不語全集》，石家莊：河北人民出版社，2000：122。）

〔註46〕佛學書局編纂《實用佛學辭典》（影印版），上海：上海古籍出版社，1994：770。錢鍾書《管錐編增訂》之二：引西晉竺法護譯《生經·譬喻經》第五十五：「……儒童者，釋迦文佛是也。」指出：「揣譯

尊宿語錄》卷二十三《汝州葉縣廣教歸省禪師語錄》：「若說仁義禮智信，又有夫子——夫子是儒童菩薩，入塵化俗。若是闡揚宗旨，又有諸方宿德和尚。」〔註47〕可見，唐五代時，孔子是釋迦牟尼弟子，即儒童菩薩，已經在民間具有相當的普遍性。說孔子是儒童菩薩，自然是佛教對儒家孔子的貶抑，收編。尤侗《艮齋續說》卷十：「佛教……號孔子為儒童菩薩。童之者，幼之也；幼之者，小之也。……夫子之道，萬代宗師。而乃屈就菩薩之位，合掌恭敬於如來之前。雖愚者知其不可也。」〔註48〕尤侗雖有些字面上的穿鑿，但大旨不錯。又，釋道安《二教論》之《孔老非佛七》云：

> 何以明其然？昔商太宰問於孔丘曰：「夫子聖人歟？」對曰：「丘博聞強記，非聖人也。」又問：「三王聖人歟？」對曰：「三王善用智勇，聖非丘所知。」又問：「五帝聖人歟？」對曰：「五帝善用仁信，聖非丘所知。」又問：「三皇聖人歟？」對曰：「三皇善因用時，聖非丘所知。」太宰大駭，曰：「然則，孰者為聖人乎？」孔子動容有間，曰：「丘聞西方之人有聖者焉：不治而不亂，不言而自信，不化而自行，蕩蕩乎民無能名焉。」（《全後周文》卷二十三）〔註49〕

商太宰與孔子問答本於《列子‧仲尼篇》。《列子集釋》引梁章鉅云：「尊佛之言蓋始於此。」〔註50〕可見佛教提出儒童菩薩，一方面在貶低孔子，另一方面在借孔子之口，抬高教主。錢鍾書分析《列子》中孔子贊西方聖人，說：「倘言老子、尹文子『動容』嚮往『西方聖者』，不啻樹降幡而倒卻道家門庭架子。二則當時釋道尚似偶鬩牆之一家兄弟，若儒則外人耳；異端之仰止，勝於同道之標榜。」〔註51〕

文本義，當是『博學童子』，著『儒』字者，以《法言‧君子》稱『通天地人曰儒』也。後來遂滋附會為孔門儒家之『儒』矣。」〔《管錐編》（第五冊），北京：中華書局，1991：247。〕

〔註47〕《古尊宿語錄》，北京：中華書局，1996：429。
〔註48〕尤侗《艮齋雜說》，北京：中華書局，2006：190。
〔註49〕嚴可均輯《全上古三代秦漢三國六朝文》，北京：中華書局，1985：4001。
〔註50〕楊伯峻《列子集釋》，北京：中華書局，1991：121。
〔註51〕錢鍾書著《管錐編》，北京：中華書局，1991：501。

孔子雖被指爲釋迦牟尼的弟子，卻不妨礙儒教仍是佛教的異端！

　　道家（教）和佛教都異口同聲，言孔子是老子、釋迦的弟子，表明二教力圖將儒家（教）的孔子收編到各自體系內。實質是教派鬥爭的表現，目的在於自尊其教，爲維護教派利益服務。就現象而言，它是佛道對孔子有意誤讀之一端。很明顯，道家（教）在這方面做得更成功些，以致唐宋一些儒者在詩文中也直認不諱，以爲實然。

二、王維李商隱貶抑孔子：頓漸有別

　　佛教在唐宋盛極一時，它對孔子的有意識的誤讀，對唐宋詩歌影響甚大。主要表現爲有佛教信仰的詩人對孔子在價值上的貶抑。王維是個虔誠的佛教徒，是位居士（參見本文「唐人：疲於問津」小節），和佛教人士有密切的交際。「王維曾爲禪宗北宗的神秀、大照寫過塔表，又受神會之託爲南宗祖師慧能寫了《能禪師碑》文，文中除了敘述慧能的生平、事蹟外，主要介紹了南宗禪理，其中亦有王維自己的發揮。」〔註 52〕釋家化的日常生活在詩歌中有反映。《全唐詩》卷一二五《藍田山石門精舍》：「朝梵林未曙，夜禪山〔註53〕更寂。……暝宿長林下，焚香臥瑤席。」又，《偶然作六首》之三：「愛染日已薄，禪寂日已固。」卷一二六《春日上方即事》：「好讀高僧傳，時看辟穀方。……北窗桃李下，閒坐但焚香。」又，《過香積寺》：「泉聲咽危石，日色冷青松。薄暮空潭曲，安禪制毒龍。」所謂「制毒龍」，也無非是借禪靜克制自己欲念罷了。卷一二九《過福禪師蘭若》：「欲知禪坐久，行路長春芳。」王維的日常生活和受具足戒的僧人沒有本質區別。所以，他對孔子採取一種鄙夷的態度，正無足怪。〔註54〕卷一

〔註52〕姚南強著《禪與唐宋作家》，南昌：江西人民出版社，1998：3。王維爲六祖慧能作的碑文，趙殿成《王右丞集箋注》卷二十五作《能禪師碑》。《唐文粹》卷六十三作《六祖能禪師碑銘》；《全唐文》卷三二七此文標題正與《唐文粹》同。

〔註53〕《文苑英華》卷二四三引此詩，「山」作「心」字，更妙。

〔註54〕孫昌武說，王維受禪宗影響，雖標榜孔子，但「根本不同於孔子的積極入世精神。」（孫昌武著《佛教與中國文學》，上海：上海人民

二五《與胡居士皆病寄此詩兼示學人二首》之二：「植福祠迦葉，求仁笑孔丘。何津不鼓棹，何路不摧輈？念此聞思者，胡爲多阻修！空虛花聚散，煩惱樹稀稠。滅相成無記，生心坐有求。」認爲孔子「知其不可而爲之」、「求仁得仁」的積極入世態度是不對的，徒增煩惱而已！又《偶然作六首》之一，上來就稱讚不屑搭理孔子的楚國「狂夫」：「散髮不冠帶，行歌南陌上。孔丘與之言，仁義莫能獎！」之五，又對服膺儒教的鄒魯之士予以譏彈：「客舍有儒生，昂藏出鄒魯。讀書三十年，腰間無尺組；被服聖人教，一生自窮苦。」

　　李商隱也虔信佛教。《全唐文》卷七七八《上河東公第三啓》：「儒童菩薩，始作仲尼。」〔註55〕《宋高僧傳》卷六《知玄傳》言李商隱久慕知玄之道學，以弟子禮事之。「迨乎義山臥病，語僧錄僧徹曰：『某志願削染，爲玄弟子。』臨終，寄書偈決別云。……鳳翔府寫玄眞，李義山執拂侍立焉。」〔註56〕錢鍾書曾引《全唐文》卷七七六李商隱《上崔華州書》：「退自思曰：『夫所謂道者（按：《全唐文》無「者」字），豈古所謂周公、孔子者獨能耶（按：《全唐文》作「邪」）？蓋愚與周、孔俱身之耳』；」又，卷七七九《容州經略使元結文集後序》：「孔子於道德仁義外有何物？百千萬年聖賢相隨於塗中耳。」云云，發明「獺祭文人乃能直指心源，與高僧大儒共貫，不可不表而出之」。〔註57〕宋代和尚也知道表彰李商隱。釋居簡《三教贊》：「商隱於李，白眉最良。曰師師師，其來自唐。」（《全宋詩》卷二八〇一）所謂「師師師」，就是指李商隱本是儒生，師法的是孔子，而孔子（儒童菩薩）師法的是佛。

　　《玉谿生詩集箋注》卷一《贈送前劉五經映三十四韻》：「建國宜師古，興邦屬上庠。從來以儒戲，安得振朝綱！叔世何多難，茲基遂

出版社，2007：80。）
〔註55〕董誥等編《全唐文》（影印版），上海：上海古籍出版社，1995：3598。
〔註56〕陶秉福主編《四庫釋家集成》（中冊），北京：同心出版社，1994：594～5。亦見《唐人軼事彙編》卷二十二（周勛初主編《唐人軼事彙編》，上海：上海古籍出版社，2006：1233。）
〔註57〕錢鍾書著《管錐編》，北京：中華書局，1991：1332～3。

已亡。泣麟猶委吏，歌鳳更伴狂。」似乎對孔子和儒家的不幸遭際抱著同情與憤慨，但有時候，也含蓄地指責孔子：又，《送千牛李將軍赴闕五十韻》：「舍魯眞非策，居邠未有名。」這是以孔子周遊列國欲有所遇爲不明智的行爲。卷二《喜舍弟羲叟及第，上禮部魏公》：「寧同魯司寇，惟鑄一顏回。」說孔子一生只造就了顏回一個人，比起魏公來，差遠了。又，《五言述德抒情詩一首四十韻，獻上杜七兄僕射相公》：「自是依劉表，安能比老彭！」清人錢龍惕在此處批云：「是何言歟？」──這裡的「安能比老彭」有兩層意思：一是說詩人自己只是像王粲一樣寄人籬下，哪能及得上清靜自守的老彭；二是說，終日馳車走的孔子哪比得上老彭！其實，前一個詩人自喻的意思是以後者爲基礎才能成立。所以，錢龍惕對這種「誣聖」的詩句才不免憤慨了。馮浩於是只好出來打圓場說：「孔子事習用不避。」〔註58〕

同樣是虔信佛教，同樣是貶抑孔子，但李商隱和王維的側重點又不一樣。從上引詩中，我們可以看出，王維是直接對孔子表明態度，不贊成的鄙夷。比如，他說「植福祠迦葉，求仁笑孔丘」，毫不含糊地認爲，孔子的行爲是可笑的，逆流而上，自不量力！──用我們的話說就是有幾分堂吉訶德式的瘋狂！李商隱則不然，他對孔子的非議並不是目標所在，往往是一種媒介、橋梁（medium），藉以達到其他目的（end）；而且表達比較含蓄，態度相對寬容。比如，他說「寧同魯司寇，惟鑄一顏回」，目的是在於恭維那位禮部魏公選拔的人才多。何以會有這種微妙的差異？我們認爲仍然與二人的佛教信仰有關。錢鍾書讚揚李商隱「能直指心源，與高僧大儒共貫」，錢鍾書所謂的「大儒」，是有明確所指的，就是後來的陸九淵與王陽明。此二人爲代表的心學，正與佛教頓教相得益彰。即，李商隱信仰的佛教其實是慧能所提倡的南宗禪。《玉谿生詩集箋注》卷二《自桂林奉使江陵途中感懷寄獻尚書》：「佞佛將成縛，耽書或類淫。」又，《今月二日，不自量度，輒以詩一首四十韻干瀆尊嚴，伏蒙仁恩，俯賜披覽，獎踰其實，

〔註58〕馮浩《玉谿生詩集箋注》，上海：上海古籍出版社，1998：476⑤。

情溢於詞，顧唯疏蕪，曷用酬戴；輒復五言四十韻詩一章獻上，亦詩人詠歎不足之義也》：「置驛推東道，安禪合北宗。嘉賓增重價，上士悟眞空。」雖也不棄禪修，但悟空乃需上士——所重在智慧，仍是頓義。〔註59〕既然頓悟可得正果，日常修持就落在第二義；故於孔子行爲，雖也嫌其不合於釋迦之道要，卻亦能優容而表一定的同情，不那麼疾言厲色。

王維則不然。他雖然爲慧能作《碑銘》，但與南宗頓義不甚相投。姚南強已經注意到王維在《碑銘》中談的本該是慧能獨到的頓門精義，然而沒有，談的內容「在《壇經》和《神會語錄》中都未見」！〔註60〕那麼，王維談的是什麼？他在這裡宣揚「忍」：「忍者，無生，方得無我，始成於初發心；以爲教首，至於定無所入，惠無所依。大身過於十方，本覺超於三世。根塵不滅，非色滅空，行願無成。即凡成聖，舉足下足，長在道場。是心是情，同歸性海。……其有不植德本，難入頓門。妄繫空花之狂，曾非慧日之咎。」（《唐文粹》卷六十

〔註59〕 龔鵬程在《李商隱與佛教》中說李商隱「越到晚年，越虔誠奉佛。」並引其《別臻師》之二：「苦海迷途去未因，東方過此幾微塵。何當百億蓮華上，一一蓮華見佛身。」指出此詩「是說眾生迷惑，如在廣大苦海之中，如果能讓人人得道，皆爲釋迦，豈不甚妙！」（龔鵬程著《中國詩歌史論》，北京：北京大學出版社，2008：43：52。）雖未點破，其實就是頓教之義。

〔註60〕 姚南強著《禪與唐宋作家》，南昌：江西人民出版社，1998：4。呂澂在《中國佛教源流略講》裏則有不同的看法：認爲《碑銘》中的「乃教人以忍」一段，就是慧能的主張，而且是頓義的表現。（《呂澂佛學論著選集》第五冊，濟南：齊魯書社，1996：2778～80。）胡適說神會——就是他委託王維給其師慧能作《碑銘》，是「南宗的急先鋒，北宗的毀滅者，新禪學的建立者，《壇經》的作者」。（胡適《菏澤大師神會傳》，《胡適說禪》，北京：團結出版社，2007：141。）印順說，王維《碑銘》中慧能事蹟「臨終密授」、「隱遁十六年」和見印宗而出家，「自相矛盾」！但他對「忍」字妙法，未置一辭。（印順著《中國禪宗史》，北京：中華書局，2010：169。）總之，王維當時，南宗頓義尚未流行，當時普遍接受的是神秀——慧能的大師兄的北宗漸義。所以，王維才敢在《碑銘》中加上一段「忍」的說教！

三）大意是說，只有忍——也就是「戒」與「定」的表現，才是基礎，所謂「德本」，經過長期的修煉，漸進，才能成就正果；也只有在此漸的基礎上，才會有頓；否則，所謂的頓，只是空華幻影！又，王維《與魏居士書》曾舉一個「不忍」的例子：「近有陶潛，不肯把板屈腰見督郵，解印綬棄官去。後貧乞食，《詩》云：『叩門拙言辭』，是屢乞而多慚也——嘗一見督郵，安食公田數頃。一慚之不忍而終身慚乎！此亦人我攻中，忘大守小，不恤其後之累也。」（《全唐文》卷三二五）〔註61〕正可與《碑銘》所宣揚的「忍」相表裏。又，《請施莊為寺表》：「臣亡母故博陵縣君崔氏，師事大照禪師三十餘歲，褐衣蔬食，持戒安禪，樂住山林，志求寂靜。」〔註62〕可知，王維的母親就是個虔敬的修道者，修持方式，接近淨土宗。王維詩中也不斷提到他的修道，多是焚香獨坐之類。王維的母親對兒子的北宗信仰不無影響。由此，可以斷定，王維信仰的是神秀一派的北宗，屬漸教。

　　就心理分析而言，頓教認為回頭是岸，當下知非，目擊道存，幡然悔悟，猶可改弦更張，自新的路徑始終是在那裡候著——《法華經》中「貧子衣中珠」和《新約》中耶穌說的「浪子」（prodigal）最可示意。漸教則認為，「路頭一錯」，南轅北轍，只會越陷越深，遠離道本，功皆唐捐——俗語所謂竹籃打水一場空，《酉陽雜俎·天咫》云：「月中有桂，高五百丈，下有一人，常斫之，樹創隨合。」這個人是吳剛，和希臘神話中的西西弗斯（Sisyphus）——努力把石頭推上山去——相似，都可說明漸教這一原則。就此而言，王維與李商隱在指責孔子時表現方式、態度不同，與所信仰的佛教有頓漸之別，此可說是深層原因；但並不一定是唯一的原因。

〔註61〕《茶香室叢鈔》卷十六引張爾岐《蒿庵閒話》此段非議淵明語，然後說：「摩詰見解乃爾，據此而推，《鬱輪袍》，非誣也。」（俞樾《茶香室叢鈔》，北京：中華書局，2006：772。）葉嘉瑩說，「讀王維的詩，總不能有一種深厚的感動，他缺少一種深摯的感情力量。」（《葉嘉瑩說初盛唐詩》，北京：中華書局，2008：235～6。）我們認為原因也在於他的佛教信仰。

〔註62〕趙殿成《王右丞集箋注》，上海：上海古籍出版社，2007：320。

可見，受佛教思想影響，特別是虔信佛教的詩人，由於對孔子在世間積極有爲的作爲或主張的不認同，或不完全認同，而在詩歌中對孔子予以批評。這在正統的儒者看來，自是對孔子的不敬。這些詩人因信仰的佛教派別不同，在貶抑孔子時態度上表現出差異。李商隱和王維是兩個明顯的例子。

三、孔子驅爲奴

唐代受佛教——主要是禪宗影響的詩人，除王維、李商隱外，還有很多，如白居易、柳宗元、劉禹錫都是人所共知的：「或者援禪入儒，從思想上加以發揮；或者爲禪師作碑銘、集語錄，在文辭上大顯身手；有的乾脆拜倒在禪師門下，當了在家弟子。」〔註63〕宋代詩人和禪宗的關係更加密切。僅以《五燈會元》一書爲例，和禪師交際酬酢的詩人就頗不少：秦觀與淨土惟正禪師（卷十）〔註64〕；郭功甫與可宣禪師（卷十二）；楊億與唐明嵩禪師、石霜楚圓禪師（卷十二）；歐陽修與法遠禪師（卷十二）；王安石與贊元覺海禪師（卷十二）；蘇軾與參寥（卷十五），佛印（卷十六），照覺、玉泉皓禪師（卷十七）；黃庭堅與黃龍祖心、晦堂、保福本權禪師（卷十七）。道學家張九成與大慧（卷二十）。蘇軾和黃庭堅都有許多參禪詩：明人凌濛初，「摘東坡集中爲釋氏而作者輯成一帙」，這就是《東坡禪喜集》，有十四卷；明人陶元柱編有黃庭堅《山谷禪喜集》二卷。（《鄭堂讀書記》補遺卷二十九）〔註65〕錢鍾書說王安石「集中詩作禪語不計數……亦見公刻意學佛」。〔註66〕南宋一個淡泊不甚著名的人，〔註67〕應該是較少受

〔註63〕洪修平著《中國禪學思想史綱》，南京：南京大學出版社，1996：238。
〔註64〕普濟《五燈會元》，北京：中華書局，2008：639。
〔註65〕周中孚著《鄭堂讀書記》，上海：上海書店出版社，2009：1741。
〔註66〕錢鍾書著《談藝錄》，北京：中華書局，1993：68～9。
〔註67〕此人是謝采伯，著有《密齋筆記》；書已散佚，四庫全書本是廷臣從《永樂大典》輯錄的，費了不少工夫。奇怪的是撰寫提要的人在短短四百來字中，前面說作者是謝伯采，後面又成謝采伯！——緊接著的《自序》作者自署「謝采伯元若」，所以名字當是採伯。〔謝采

社會風氣影響，也說「本朝蘇黃出入釋老，唐人諸集蓋鮮兼之。」（《密齋筆記》卷三）這都說明宋代詩人和佛教的關係比唐代要密切得多、深厚得多。

　　禪宗本來就不重視經典，所以世尊拈花，迦葉微笑；世尊就說：「吾有正法眼藏，涅槃妙心，實相無相，微妙法門，不立文字，教外別傳，付囑摩訶迦葉。」（《五燈會元》卷一）渤潭洪英禪師也說：「達磨西來，直指人心，見性成佛，不立文字語言，豈不是先聖方便之道？」（卷十七）「在禪宗中地位極爲重要的」慧能，「不會寫字，不會讀經」，「憑自身體驗來解說諸經大意，正是禪者本色」！〔註68〕禪宗發展到北宋，更是訶佛罵祖：德山宣鑒禪師說：「達摩是老臊胡，釋迦老子是乾屎橛，文殊普賢是擔屎漢；等覺妙覺是破執凡夫，菩提涅槃是繫驢橛；十二分教是鬼神簿，拭瘡疣紙；四果三賢，初心十地，是守古冢鬼，自救不了！」（卷七）金山曇穎禪師說：「三世諸佛是奴婢，一大藏教是涕唾。」（卷十二）有人問：「世尊初生下，一手指天，一手指地，周行七步，目顧四方。云：『天上天下，唯我獨尊。』」雲門文言偃禪師曰：「我當時若見，一棒打殺與狗子吃卻，貴圖天下太平！」（卷十五）這在一個「敬惜字紙」〔註69〕的國度裏，其在思想領域感受的震撼，恐怕只有二戰時候投在廣島長崎的兩顆前所未有的原子彈爆炸，可相比擬。在禪宗這種質疑經典、非議聖人的氛圍下，一些儒生自然會受影響，對儒家和孔子用新的眼光去審視。這樣，就產生了《傲歌》中的兩句詩：

　　　　敧倒太極遣帝扶，周公孔子驅爲奴！

　　這兩句詩，《全宋詩》和《全宋詩訂補》都未收；厲鶚的《宋詩

　　　伯《密齋筆記》，《墨莊漫錄》等十一種合訂（四庫筆記小說叢書影
　　　印本），上海：上海古籍出版社，1992：643～4。〕
〔註68〕印順著《中國禪宗史》，北京：中華書局，2010：167；182～4。
〔註69〕錢鍾書《管錐編增訂》之二：「敦煌變文《廬山遠公話》……殆爲言
　　　惜字果報之始。宋人遂樂道此。」〔《管錐編》（第五冊），北京：中
　　　華書局，1991：151。〕

紀事》也沒有。是錢鍾書把它從《朱子語類》中抄出來，寫在他所讀的萬有文庫本《宋詩紀事》第362頁上：

> 《朱子語類》卷一百二十九：范文正招引一時才俊之士，聚在館閣。如蘇子美、梅聖俞之徒，此輩雖有才望，雖皆是君子黨，然輕儇戲謔，又多分流品。一時（呂）〔註70〕許公爲相，張安道爲御史中丞，王拱辰之徒，皆深惡之，求去之未有策。而蘇子美又杜祁公婿，杜是時爲相，蘇爲館職，兼進奏院。每歲院中賽神，例賣故紙錢爲飲燕之費。蘇承例賣故紙，因出己錢添助爲會，請館閣中諸名勝，而分別流品，非其侶者皆不得與會。李定願與，而蘇不肯。於是盡招兩軍女妓，作樂爛飲，作爲《傲歌》——王勝之名直柔〔註71〕，句云：『欹倒太極遣帝扶，周公孔子驅爲奴！』這一隊專探伺他敗闕，才聞此句，拱辰即以白上。仁宗大怒，即令中官捕捉，諸公皆已散走逃匿。而上怒甚，捕捉甚峻，城中喧然。於是韓魏公言於上（曰：『陛下即位以來，未嘗爲此等事。一旦遽如此，驚駭物聽。』）〔註72〕仁宗怒少解，（而館閣之士罷逐一空，故時有『一網打盡』之語。）〔註73〕杜公亦罷相，子美除名爲民，永不敍復。子美居湖州，有詩云〔註74〕：『不及雞竿下坐人！』言不得比罪人引赦免放也。

藍色圓珠筆之後，錢氏接著又用黑色圓珠筆引：

> 劉敞《公是集》51《王開府行狀》〔註75〕：蘇舜欽子

〔註70〕此字爲錢鍾書所添，指呂夷簡。錢氏此段未加標點。我們給它加了標點，有些地方與點校本《朱子語類》此節斷句不太一樣。（《朱子語類》，北京：中華書局，1988：3088～9。）

〔註71〕錢鍾書在「直柔」兩字邊上畫有兩個小「○」。實際上，朱子記憶有誤，王勝之，字不是直柔，而是益柔！（《宋史》卷二八六）錢氏畫圈，可能是表示有所懷疑，尚未查證。朱子致誤，可能是富直柔名字的干擾。

〔註72〕括號中的文字，錢氏從略。

〔註73〕括號中的文字，錢氏從略。

〔註74〕《朱子語類》原作「曰」。

〔註75〕劉敞《公是集》卷五十一有《王開府行狀》，傳主就是王拱臣。乾隆

美監進奏院，鬻故牘得緡錢數千，夜召朋友宴集。客或爲
《傲歌》，有「醉臥北極遣帝扶，周公孔子驅爲奴！」云者，
公彈劾之。〔註76〕

《梁溪漫志》卷八載有蘇舜欽寫給歐陽修的一封信，專門講這
一飛來橫禍：這種在部裏賣故紙聚餐的行爲，「比年皆然，亦嘗上
聞」；「況都下他局亦然。」「今以監主自盜，定罪減死一等，科斷
使除名爲民，與貪吏掊官物入己者一同」。所以蘇舜欽覺得「名辱
身冤」，非常不公平！「憤懣之氣不能自平，時復噌吰於胸中，一
夕三起，茫然天地間無所赴訴！」而且《梁溪漫志》指出，此一事
件，發生在慶曆四年（1044 年）十一月。〔註77〕《續資治通鑒》
對此事發生時間並無異議，並載有蘇舜欽、王勝之等受處分後第六
日的一紙詔書：「朕昃食屬志，庶幾治古。而承平之敝，澆競相蒙，

　　　時「御選」的《唐宋文醇》卷二十四歐陽修《蘇氏文集序》末後評
　　　點引《朱子語類》中關於《傲歌》的一段，王勝之字誤亦襲而不改。
　　　（《唐宋文醇》，北京：中國三峽出版社，1997：313。）此書號爲御
　　　選，蓋是廷臣抄撮，乾隆照例恐也未嘗過目。不然，《傲歌》中如此
　　　「反動」的話，必然會引出這位炮製文字獄的高手無數大驚小怪的
　　　謬論。廷臣把此段插入，雖意在說明歐文背景，恐亦有意調侃。洪
　　　本健《歐陽修詩文集校箋》於《居士集》卷四十一《蘇氏文集序》
　　　末尾「集評」收三家，卻沒有《傲歌》一段。（洪本健《歐陽修詩文
　　　集校箋》，上海：上海古籍出版社，2010：1066～7。）
〔註76〕《宋史‧王勝之傳》對此事亦有記載：「預蘇舜欽奏邸會，醉作《傲
　　　歌》。時諸人欲遂傾正黨，宰相章得象、晏殊不可否，參政賈昌朝陰
　　　主之，張方平、宋祁、王拱辰攻排不遺力，至列狀言益柔罪當誅。
　　　韓琦爲帝言：『益柔狂語何足深計。方平等皆陛下近臣，今西陲用兵，
　　　大事何限，一不爲陛下論列，而同狀攻一王益柔，此其意可見矣。』
　　　帝感悟，但黜監復州酒。」〔《宋史》，《二十四史》（縮印本），北京：
　　　中華書局，1997（第 16 冊）：2462。〕《宋史》卷三一八《王拱辰傳》：
　　　「蘇舜欽會賓客於進奏院，王益柔作《傲歌》。拱辰風其僚魚周詢、
　　　劉元瑜舉劾之。兩人既竄廢，同席者俱逐。時杜衍、范仲淹爲政，
　　　多所更張，拱辰之黨不便。舜欽、益柔皆仲淹所薦，而舜欽，衍婿
　　　也，故因是傾之，由此爲公議所薄。」
〔註77〕費袞《梁溪漫志》，《墨莊漫錄》等十一種合訂（四庫筆記小說叢書
　　　影印本），上海：上海古籍出版社，1992：745～6。亦見於《宋人軼
　　　事彙編》卷四。

人務交遊，家爲激訐，更相附離，以沽聲譽，至陰招賄賂，陽託薦賢。又，案察將命者，悉爲苛刻，構織罪端，奏鞫縱橫，以重多辟。至於屬文之人，類亡體要，詆斥前聖，放肆異言，以訕上爲能，以行怪爲美。自今委中書、門下、御史臺採察以聞。」〔註78〕眞是冠冕堂皇！

《傲歌》其實是仁宗朝政治鬥爭中被王拱辰一派所利用爲打擊政敵的手段；蘇舜欽、王勝之等都是犧牲品。我們注意到在談及此事的所有文獻中，包括蘇舜欽和仁宗的詔書，都迴避王勝之的《傲歌》——或者根本不提，或者對其內容不置一字。但我們從這些零散的文獻裏看出，仁宗大動干戈的眞正原因，是因爲《傲歌》，而且主要是因爲那句「欹倒太極遣帝扶」或「醉臥北極遣帝扶」，損害了這個專制帝王的尊嚴。但他又不好承認這一點，只拿「詆斥前聖」這樣的話來搪塞。

當時仁宗是三十五歲，自十三即位，已經作了二十二年皇帝，而中國自秦始皇的大一統的中央集權建立已經 1265 年了。他即位以後，一直是劉太后垂簾聽政；但明道二年（1033 年）太后病死，仁宗 25 歲，首先把他不喜歡的郭后廢了，初次嘗到絕對專制的快樂。景祐元年（1034 年）八月，石介上書仁宗：「乃正月以來，聞既廢郭皇后，寵幸尙美人，宮庭傳言漸有失德。自七、八月來，所聞又甚，倡優婦人，朋淫宮內，飲樂無時，聖體因常有不豫，斯不得不爲慮也。」（《續資治通鑒》卷三十九）史言：「自郭后廢，尙、楊二美人益有寵，每夕侍寢，體爲之敝，或累日不進食，中外憂懼，皆歸罪二美人。」放縱自己的生理欲望，尋歡作樂，達到「體爲之敝」的程度，說明仁宗只是生於深宮、長於婦人之手的庸君。但仁宗和其他專制帝王一樣

〔註78〕畢沅《續資治通鑒》（第一冊），長沙：嶽麓書社，1995：607。《宋史·仁宗本紀》於慶曆四年十一月己巳，只是籠統地說：「詔戒朋黨相訐，及按察恣爲苛刻，文人肆言行怪者。」（《宋史》卷十一）《綱鑒易知錄》卷六八將此事繫在慶曆五年正月。蓋在處分諸人之後，總敘此事。（吳乘權等《綱鑒易知錄》，北京：中華書局，2009：994～5。）

有一種本能的敏感，對其專制權威的質疑，反應強烈，措施果斷。比如，天聖七年（1029 年），趙州兵馬監押曹汭被州民告有不法事，其實就是喝醉了酒假扮皇帝取笑：「汭坐被酒衣黃衣，令人呼萬歲——杖死！」（《續資治通鑑》卷三十七）所以，仁宗對《傲歌》當事人的處理，並無特別之處。

仁宗所以迴避此案的眞正原因，無非想博得寬厚的美名；而且代聖賢打抱不平，義憤塡膺，不但冠冕堂皇，而且能獲得更廣泛的社會的道德支持——孔子和國家意識形態早已是難分難解。蘇舜欽、王勝之竭力迴避此處，因爲誰都知道「大不敬」不但有殺頭的危險，而且甚至有滅族的可能！豈止談虎色變，倒是嚴復說得好：「吾聞過縉門，相戒不言索！」〔註79〕王勝之，這年 29 歲。他是王曙的兒子。《宋史》卷二八六言王曙「喜浮屠法，齋居蔬食」；勝之的哥哥益恭，也好佛教，「間與浮屠、隱者出遊」。這可算是個喜好佛教的小環境，加上禪宗風靡、文人參禪的大環境；王勝之如何能不受影響？！《全宋詩》卷四〇八收王勝之詩只六首，其中一首就是《題招提院靜照堂》。〔註80〕

《傲歌》固然是禪宗訶佛罵祖影響下的產物，同時它也是宋代士大夫主體意識上升過程中具有必然性的現象。但它迅速地被專政政權抹掉，力圖不留痕跡。然而歷史的眞實，像不死心的卷葹一樣，一陣春風，一場春雨，就又從歷史的夾縫裏探出頭來。孔子在這裡雖然遭到前所未有的貶抑，——由菩薩而墮爲奴，但實際上並不是針對他本人，或者說他在這裡只是具有象徵意味。

四、三教合一

在禪宗思想影響下，孔子由誤讀爲儒童菩薩，再進一步地「驅爲奴」的做法，只算是極端的例子。實際上，宋代佛教和受佛教影響的

〔註79〕錢鍾書說嚴復這句詩是「直譯西諺」，「運古入妙」。（錢鍾書著《談藝錄》，北京：中華書局，1993：24。）

〔註80〕《全宋詩》（第八冊），北京：北京大學出版社，1998：5015～6。

詩人，對孔子並不是像唐代那麼鄙薄：唐人對孔子的鄙薄，往往帶些霸氣，有點不由分說的執拗。所以，張方平告訴王安石所謂人才，「儒門淡薄，收拾不住，皆歸釋氏耳」，〔註81〕只適用於唐、五代，〔註82〕張方平說這話的時候，理學已經興起，佛教人士覺得儒家與孔子地位不可動搖，於是倡言儒釋合一，改變策略，對孔子也比較客氣。並且，進一步地援儒入釋。如《五燈會元》卷十七，黃庭堅往依晦堂，乞指徑捷處。晦堂曰：「只如孔子道，二三子以我為隱乎？吾無隱乎爾者！」卷十九，有人問慧勤禪師，「如何是賓中賓？」——此是禪宗話頭四料簡，師曰：「夫子遊行厄於陳！」卷二十，大慧告訴張九成：「天命之謂性，便是清淨法身。率性之謂道，便是圓滿報身。修道之謂教，便是千百億化身。」〔註83〕直接用佛教義理來闡釋《中庸》。卷十五，契嵩更是「作原教論，十餘萬言，明儒釋之道一貫，以抗韓（愈）排佛之說；宰相韓琦，大參歐陽修皆廷見而尊禮之。」

這種作用是雙向的，儒家也有不少人贊同儒釋合流。北宋早期的晁迴比較有代表性，在所著的《法藏碎金》卷四中說：「儒家立一切法，以為規檢，目曰名教；此於佛家門中有如相宗。道家破一切法，貴乎混一，復歸虛無；此於佛門中有如空宗。若乃立一切法，不礙真空，破一切法，不妨妙有，並包廣大，唯佛法之性宗焉。」此類議論，在書中俯拾即是，並且以佛教為歸宿，所以晁迴實質上應歸入釋教；而張九成則不同，他雖然接受禪宗的不少說法，但仍以孔子的儒家為本位。黃震指責張九成：「惟交遊杲老，浸淫佛學，於孔門正學未必無似是之非。學者雖尊其人，而不可不審其說。」對張九成接受《中庸》中性、道、教，是佛教法身、報身、化身的說法，並將之列在語錄體的《心傳錄》之首，黃震不以為然，斥為「影傍虛喝！——聞者

〔註81〕《宋人軼事彙編》卷九引《捫虱新話》。（丁傳靖輯《宋人軼事彙編》，北京：中華書局，2006：423。）
〔註82〕有儒家經世思想的張九齡，尚云：「三教並列，萬姓知歸。」（莊綽《雞肋編》，北京：中華書局，2010：49。）何況他人？
〔註83〕大慧就是宗杲，他會通儒釋的做法，對理學家張九成影響極大。

驚喜，至《語》、《孟》等說，世亦多以其文雖說經而喜談樂道。」〔註84〕理學接受禪宗影響更是人所共知。〔註85〕像饒節這樣的詩人，乾脆出家爲僧，《蔡伯世呂隆禮敦智李肅老求頌二首》之二：「文章於道未爲尊，爭似無爲實相門。要做仲尼眞弟子，須參達磨的兒孫。」（《全宋詩》卷一二八七）〔註86〕

　　《全宋詩》卷一三三一釋德洪《謁嵩禪師塔》：「吾道例孔子，譬如掌與拳。展握固有異，要之手則然。晚世苦凌夷，講習失淵源。君看投跡者，紛紛等狂顚。韓子亦儒衣，倔強稱時賢。憑凌作詭語，到死不少悛。後世師韓輩，穴攘猶可憐。走名不自信，逐隊工語言。譁然皇祐間，飛蚊鬧喧闐。田衣動成群，怒瘦空自懸。縮頭不敢息，兀坐如蹲猿。」此僧被錢鍾書評定「才氣爲有宋詩僧第一」，「筆資肆放」，「曉暢爽直」。〔註87〕認爲二教只有形式上的不同，實質一樣；後世相互攻訐，大可不必。卷二八〇一釋居簡《三教贊》：「此三勝流，一笑聚頭。其道不同，曷相爲謀？至哉儒先，問禮於李。李從竺乾，逮眞實際。」卷二八四〇梵琮《偈頌九十三首》之六八：「達磨不會單傳，夫子不會一貫。老聃不會無爲，洞賓不會鍛鍊。」又，《三教圖贊》：「者也之乎，無爲寂滅。養家一般，道路各別。」「者也之乎」指儒，「無爲」指道，「寂滅」指釋，殊途同歸。卷二八六一法薰《偈頌十五首》之十四：「夫子不識字，達磨不會禪。」卷二九九八釋慧開《月泉趙寺丞壽像贊》：「孔孟屋裏，做模打樣。釋老室內，談玄說

〔註84〕黃宗羲全祖望《宋元學案》，北京：中華書局，2007：1317。

〔註85〕南懷瑾在《中國佛教發展史略》中說：「宋代的佛教，已由佛而入儒，因禪宗而產生理學，這是中國文化史上必然的演變，也是佛教文化與中國文化融會的成果。」〔《南懷瑾選集》（第五卷），上海：復旦大學出版社，2003：418。〕

〔註86〕錢鍾書從《紫薇詩話》中把此詩的後兩句補入《宋詩紀事補訂》卷九十二，題作《送別外弟蔡伯世詩》。（錢鍾書《宋詩紀事補訂》，北京：生活・讀書・新知三聯書店，2005：2258。）

〔註87〕錢鍾書《錢鍾書手稿集》（容安館札記），北京：商務印書館，2003：974～5。

空。似個般伎倆，半錢不直，又說甚道理三教俱通！」卷二九八八程
公許《青山高為宋郎中德之作》：「三生曾侍丈人之左右，出入孔老竺
乾之學該以通。」又，卷二九九二《和可道約同館於都統衙》：「至理
玄同孔老瞿，客塵覺似漸消除。」錢鍾書譏程公許詩「氣粗而詞雜糅」。
〔註88〕恐是「孔老竺乾之學」未「該以通」，不免夾生，食古不化而
成痞瘀？《劍南詩稿》卷三《周元吉蟠室詩》：「孔公曁瞿聃，同坐此
道場。」卷五十六《六言雜興》之三：「語道無如孔孟，佛莊雖似非
同！」

　　很明顯，雖然都主張二（三）教合一，但和尚們總是把佛放在第
一位，特別是釋居簡說得次序井然：「至哉儒先，問禮於李。李從竺
乾，逮眞實際。」孔子固然偉大，但是老子的學生；老子又從佛學道！
所以理學家們不同意，就是受理學家影響的詩人陸游也反對，認為佛
莊與儒家「雖似非同」！所以，二（三）教合一的主張其實是如詩經
中的「魚躍於淵，翰飛戾天」，自說自話，南轅北轍！薩義德長期考
察歐洲的東方學研究，在《文化與帝國主義》中說：「有一種傳統的
危險，就是反對派的努力也有可能被納入體制之內。」〔註89〕釋道二
家對孔子的誤讀及貶抑，正是因為無法消除孔子及儒家的影響，而採
取這樣一種將之納入體制內的策略。

第三節　孔子：被限定的偶像化

　　所謂偶像，就是一個神靈的塑像或形象，是被禮拜的客體。〔註
90〕聖奧古斯丁有更詳盡的描述：偶像是可見、可觸及的實體，這
些實體具有形象，卻沒有生命，通過人的召喚，從而有神靈寓居其

〔註88〕錢鍾書《錢鍾書手稿集》（容安館札記），北京：商務印書館，2003：
　　　527。
〔註89〕薩義德《文化與帝國主義》（李琨譯），北京：生活・讀書・新知三
　　　聯書店，2003：72。
〔註90〕Webster's New Explorer Desk Encyclopedia. Merriam Webster, 2003：
　　　590：Image or statue of a deity used as an object of worship.

中；而人通過對之祭奉，偶像能予人禍福。〔註91〕偶像其實是基督教文化的產物，是站在一神教的上帝的立場上看其他文化中的多神崇拜的結果；本文雖不接受這一褊狹的立場，但其偶像觀念，頗能洞見文化中一些實質性的東西；所以我們的偶像化，仍大致以此為依據。

一、孔子塑像

　　孔子塑像是孔子偶像化和進行偶像崇拜的前提條件；我們先簡要地考察一下孔子塑像的歷史狀況。宋濂在洪武初年，所上《孔子廟堂議》中云：「古者木主棲神。天子、諸侯廟皆有主，大夫束帛，士結茅為菆；無像設之事。今因開元八年之制，摶土而肖像焉——失神而明之之義矣。」（《明史紀事本末》卷五十一）〔註92〕就是說，古時祭神祭祖，沒有塑像；只是有個牌位；《水滸傳》第二十五回說，武大郎中毒身亡，火化後，其妻潘金蓮「去櫥子前面設個靈牌，上寫：『亡夫武大郎之位』」，可見尋常百姓家，尚得木主棲神之遺意。宋濂所謂的「束帛」、「菆」〔註93〕，則是以物寓神，為棲神之所；「主」，則尸也。段玉裁《說文解字注》云：「祭祀之尸，本像神而陳之，而祭者

〔註91〕Augustine:The City of God against the Pagans. Cambridge University Press, 1998：345：BookⅧ Chapter 23 What Hermes Trismegistus believed concerning idolatry：Visible and tangible images are, as it were,only the bodies of the gods,and that certain spirits have been summoned to dwell in them who have the power to do harm or to fulfil many of the desires of those by whom divine honours and the service of worship are rendered to them.To unite,therefore,by a certain art,these invisible spirits to visible objects of corporeal matter in order to create something like animated bodies,dedicated and subject to these spirits.

〔註92〕《明史紀事本末》，《歷代紀事本末》，北京：中華書局，1997（第二冊）：2323。

〔註93〕《康熙字典》卷二十五引《玉篇》言：菆，草也。《說文解字》：「菆，麻蒸也。」桂馥《說文解字義證》卷四：「蒸，析麻中稈也。」（桂馥《說文解字義證》，濟南：齊魯書社，1994（影印本）：107。）可見，菆，就是麻稈。

因主之。」〔註94〕所以，這個「尸」，可能是活人，在祭祖中，通常是受祭者的孫子。《禮記正義》卷三：「禮曰：君子抱孫不抱子。此言孫可以爲王父尸，子不可以爲父尸。」〔註95〕《禮記正義》卷四十九：「夫祭之道，孫爲王父尸。所使爲尸者，於祭者子行也。」〔註96〕錢鍾書在論《詩經‧楚茨》時曾謂：「『神保』、『神』、『尸』一指而三名，一身而二任」；〔註97〕論《楚辭‧九歌》（一）時，云：「《九歌》中之『吾』、『予』、『我』，或爲巫之自稱，或爲靈之自稱，要均出於一人之口。」〔註98〕都表明，上古祀神祭祖，沒有塑像，但有尸。《孟子集注‧告子章句》上：「弟爲尸」，朱子注云：「尸，祭祀所主，以象神。雖子弟爲之，然敬之當如祖考也。」〔註99〕可見，戰國時尚然。

宋濂言，開元八年，孔子始「摶土而肖像焉」。不知何據？當是開元二十七年（739年）；這一年，玄宗詔封孔子爲文宣王，「內出王者袞冕之服以衣之」。（參見本文「文宣王」小節）這是國家意識形態正式承認，並對塑像相關儀則作出具體的規定。但孔子塑像決不始於唐初！清末羅惇曧《曲阜謁孔記》云：（曲阜）「大成殿孔子塑像，始於東魏興和三年（541年），兗州刺史李仲璇。據李仲璇碑，其隸兗部也，當未浹旬，言觀孔子廟，乃命工人修建容像，雕塑十子，侍於其側。」〔註100〕這只是孔子故里的情況。與李仲璇同時的楊衒之，在其《洛陽伽藍記》中說，（北魏）「國子學堂內有孔子像。顏淵問仁，

〔註94〕段玉裁撰《說文解字注》，杭州：浙江古籍出版社，1998（影印本）：47。

〔註95〕《十三經注疏》（上），杭州：浙江古籍出版社，（影印本）1998：1248。

〔註96〕《十三經注疏》（下），杭州：浙江古籍出版社，（影印本）1998：1605。

〔註97〕錢鍾書著《管錐編》，北京：中華書局，1991：156。

〔註98〕錢鍾書著《管錐編》，北京：中華書局，1991：599。

〔註99〕朱熹撰《四書集注》，長沙：嶽麓書社，1995：468～9。

〔註100〕《古今小說精華》（上冊），北京：北京出版社，（影印廣益書局本）1992：387。《全後魏文》卷五十八闕名《魯孔子廟碑》：「今聖容肅穆，二五成行……□□似微笑而時言，左右若承言而受業。」不知這裡的闕名是否就是羅惇曧說的李仲璇。

子路問政，在側。」〔註 101〕可知南北朝時候，孔子塑像已不罕見。朱熹在《白鹿禮殿塑像說》中說，「成都府學有漢時禮殿諸像，皆席地而跪坐。文翁猶是當時琢石所爲」；特地讓人製作模型，「今乃並得先聖先師二像，木刻精好」。〔註102〕《全宋詩》卷一九八六李石《周公禮殿》：

> 蜀侯作判錦水湄，先聖先師同此室。巍然夫子據此座，
> 殿以周公名自昔。聖人兩兩如一家，均是周人先後出。想
> 見東家中夜夢，猶與公孫同袞烏。斯文授受乃關天，不爲
> 漢唐加損益。我時來視俎豆事，重是漢人斤斧跡。漢宮制
> 度九天上，散落人間此其一。

李石的詩，比朱子的記說得還要詳細；而且先聖、先師是指周公和孔子。文翁是漢武帝時人，《漢書》卷八十九言，他「又修起學宮於成都市中，招下縣子弟以爲學官弟子」，由是，「蜀中大化」；「至武帝時，乃令天下郡國皆立學校官，自文翁爲之始云。」〔註103〕當時已有孔子塑像了，只是尚是周公附庸。東漢以後，隨著佛教信仰的流行，佛教造像「一發而不可收」，〔註104〕自然對孔子塑像會產生影響。《全唐詩》卷六十七張說《奉和聖製經鄒魯祭孔子應制》：「孔聖家鄒魯，儒風藹典墳。龍驂回舊宅，鳳德詠餘芬。入室神如在，升堂樂似聞。懸知一王法，今日待明君。」這是玄宗是在開元十三年（725 年），幸孔子宅時，張說陪同，並奉和玄宗《經鄒魯祭孔子而歎之》。詳味詩句，玄宗君臣之闕里所祭孔子已是塑像了。只是開元二十七年（739年）以後，孔子開始普遍塑像，而且服王者之服。黃進興引荷蘭史家

〔註 101〕周祖謨撰《洛陽伽藍記校釋》，上海：上海書店出版社，2000：17。

〔註 102〕馬端臨撰《文獻通考》，杭州：浙江古籍出版社（影印本），2007：414。

〔註 103〕《漢書》，《二十四史》（縮印本），北京：中華書局，1997（第 2 冊）：921。

〔註 104〕白化文著《寺院與僧人》，鄭州：大象出版社，1997：23～5。趙翼在《陔餘叢考》卷三十二中說：「自佛法盛，而塑像遍天下；然塑像不自佛家始。」（《陔餘叢考》，北京：中華書局，2006：692。）

惠靈格在《中古的垂幕》（the Autumn of the Middle Age）以爲偶像（包括圖畫），由形象傳遞至信仰，深植人心，能對教徒發生潛移默化的作用。〔註 105〕孔子塑像在唐代的普遍造作和祭祀，爲孔子的偶像化提供了一個物質基礎；即孔子塑像是孔子偶像化的必要條件。

　　我們的先民正因爲忙於糊口，迫於生計，缺少閑暇，〔註 106〕疲於奔命，以致於精神缺少知識的滋養，心靈長期處於貧乏和乾枯狀態，只能用偶像崇拜來發散他們精神上的苦悶，撫慰現實中的挫折。

〔註105〕黃進興著《聖賢與聖徒》，北京：北京大學出版社，2005：174。
〔註106〕約瑟夫・皮珀說，閑暇是文化的基礎。（《閑暇：文化的基礎》，北京：新星出版社，2005：5～10。）維柯在其《新科學》中稱，偶像崇拜起源於對自然現象的原因缺乏正見，於是把自我作爲尺度，推己及物，對自然作出人化的裁斷（A force which men who were by nature ignorant of causes imagined to be intelligent.This is the origin of all idolatry.When man is ignorant he judges that of which he is ignorant in accordance with his own nature.）；偶像崇拜和「神化」（又可作預卜未來解，預卜未來爲神化之一端）相伴而生（Idolatry and divination were the twin daughters. Idoltry shared her birth with that of divination.）。（Vico:The First New Science. Cambridge University Press,2002:75；239；10.）所以，孔子的偶像化的一個原因，在於人民的愚昧，缺少啓蒙，沒有知識的火炬來驅趕心靈的黑暗。並非他們拒絕被啓蒙，實在是現實的生存狀況所限。晁錯曾說到漢代農民的窘困（《漢書》卷二十四上）；《水滸傳》第四十五回說：「有那一等小百姓們，一日假辛辛苦苦掙扎，早辰巴不到晚。起的是五更，睡的是半夜。到晚來，未上床，先去摸一摸米甕，看到底沒顆米。明日又無錢。」所以，連子路那麼豪爽的人，也會慨歎「傷哉貧也！」（《孔子家語》卷十）──孔子不像子路那樣，流於表象，而是洞見社會的癥結，直斥「苛政猛於虎也！」（《禮記・檀弓》）備經寒餓的陶淵明快要走到人生盡頭的時候，也忍不住在《自祭文》中發出「人生實難！」這樣飽經風霜的哀歎。（《陶淵明集》卷八）當然，孔子也說過「民可使由之，不可使知之」（《論語・泰伯》），但並非意在愚民：朱子引程子云：「聖人設教，非不欲人家喻而戶曉也，然不能使之知，但能使之由之爾。」（朱熹撰《四書集注》，長沙：嶽麓書社，1995：151。）郭沫若也在《中國古代社會研究》中專門加了一條補注，對孔子這句話予以辨析：「原來的意思是，民智未開，能照樣做而不明其理由；」強調「孔子是重視開發民智的，他不是愚民主義者。」〔郭沫若著《中國古代社會研究》（外二種），石家莊：河北教育出版社，2004：61。〕

這樣說來，在唐宋統治階級沉重的剝削下、處於社會下層的廣大人民，〔註107〕所謂的愚夫愚婦，已經被成功地打造成對孔子作偶像崇拜的行為主體，數量龐大，但也只是潛在的主體。

二、送子：民間對孔子偶像崇拜在唐宋詩裏的蹤跡

　　孔子偶像既設，精英階層尚且迎神送神地念念有詞，對著冠冕堂皇的文宣王馨香祝禱。孔子已經說過，「君子之德風，小人之德草，草上之風，必偃！」（《論語‧顏淵》）愚夫愚婦，只有黽勉從事了，何況他們也有實際的需求。封演在《封氏聞見記》卷二「石經」中云：「天寶中，余在太學」；可知此書，多是封演玄宗時在長安所見所聞者。該書卷一「儒教」云：

　　　　流俗婦人多於孔廟祈子，殊為褻慢！有露形登夫子之
　　榻者。後魏孝文詔：孔子廟不聽婦人合雜，祈非望之福。
　　然則，聾俗所為有自來矣。〔註108〕

　　所說的魏孝文帝詔，見於延興二年（472 年），云：「頃者淮徐未

〔註107〕這樣說決不是空洞的套話。日本學者宮崎市定在《唐代賦役制度新考》（黃正建譯）中指出，唐代正丁按規定每年負擔租、庸、調為粟二石、力役二十日、絹二丈，還有雜徭、使役日數 120 日，還有從事職掌的義務，換算成資課（錢）為 2500 文。「對人民所徵發的職掌、番役、雜徭、正役等，統稱為差科。……人民苦於差科比租調更甚！」〔《日本學者研究中國史論著選譯》（第四卷六朝隋唐）（劉俊文主編），北京：中華書局，1992：378～404。〕宋代我們只拿錢鍾書的《宋詩選注》中的詩歌為例，有抽民丁運輸軍糧的（ibid：8.），抽丁作弓箭手的（ibid：27.），有老頭子無子，只好自己充丁，以致死在路上的（ibid：30.）。這都是發生在太宗、仁宗時期，是宋代所謂的全盛時期！（錢鍾書《宋詩選注》，北京：生活‧讀書‧新知三聯書店，2010。）孫國棟《北宋農村戶多口少問題之探索》指出宋代人民為避役而被迫「析居」的殘酷現實：「北宋雖號太平，而農民之負擔實未多減於五代。」（孫國棟著《唐宋史論叢》，上海：上海古籍出版社，2010：351～69。）可見，對下層人民來說，宋時的狀況比唐時也好不了多少，甚至更壞！參看拙書《想不到的西遊記》北京：北京大學出版社，2015：56①。

〔註108〕趙貞信《封氏聞見記校注》，北京：中華書局，2008：4。

賓，廟隔非所，致令祠典寢頓，禮章殄滅，遂使女巫妖覡，淫進非禮，殺生鼓舞，倡優媟狎，豈所以尊明神敬聖道者也？！自今已後，有祭孔子廟，制用酒脯而已，不聽婦女合雜，以祈非望之福。犯者以違制論。」（《魏書》卷七上）〔註109〕這和《洛陽伽藍記》中所記國子學堂有孔子塑像時代相次。從孝文帝詔書中，我們知道：孔子廟有巫覡主持祭儀，有牲牢作為祭品，有倡優歌舞以娛神，婦女合雜，以祈非望之福——其中當有不育婦人祈子在內。封演所謂在孔子廟「露形登夫子之榻」以祈子，後世屢見不鮮。〔註110〕確實有些淫褻不夠莊重！但唐代，包括宋代，似乎都還沒有官方文告明令禁止一般民眾進孔廟進行祈禱禮拜。

　　古人認為，夢是在肉體熟睡時靈魂的獨自行動；他們相信夢是實際發生了的。康德在《實用人類學》中曾引馬其頓王亞歷山大一事：有人曾作了一個殺死皇帝的夢，亞歷山大將此人處死，理由是必做過此事，乃有此夢！〔註111〕這對中國傳統社會也非常適用。即使唐代，

〔註109〕《魏書》，《二十四史》（縮印本），北京：中華書局，1997（第6冊）：47。

〔註110〕這和《醒世恆言》卷三十九說的寶蓮寺子孫堂祈子類似：祈子婦人，要在子孫堂獨宿一夜，回去後，十九生子，十分靈驗，「有人問那婦女，當夜菩薩有甚顯應。也有說夢佛送子的，也有說夢羅漢來睡的，也有推託沒有夢的，也有羞澀不肯說的。」（馮夢龍編《醒世恆言》，北京：人民文學出版社，1987：874。）此事，實本馮氏《智囊》中「僧寺求子」，敷演而為白話。（馮夢龍編《智囊全集》，北京：中華書局，2009：320。）

〔註111〕康德著鄧曉芒譯《實用人類學》，上海：上海人民出版社，2005：81。人類學家弗雷澤說，在早期的人類社會中，人們分不清夢與現實，認為靈魂可以脫離肉體而存在，只是其存在方式和領域不能為我們的官能所識認而已；（The savage fails to distinguish the visions of sleep from the realities of waking life ,and accordingly when he has dreamed of his dead friends he necessarily concludes that they have not wholly perished ,but that their spirits continue to exist in some place and some form,though in the ordinary course of events they elude the perceptions of his senses. ）（James George Frazer:The Golden Bough,part Ⅴ Spirits of the Corn and of the Wild,vol.Ⅱ,published by the Macmillan Press ltd,1980:260.）夢中的所作所為，就是睡者靈魂

人們對現實和夢幻還缺乏清晰的認識，往往將兩者混淆。如《太平廣記》卷二八一《獨孤遐叔》言其人還家途中，天晚宿於野寺，見其妻與數少年宴飲；同卷《櫻桃青衣》，卷二八二《張生》都是這類故事。《張生》最後還說：其妻爲張生所擲之「瓦擊中額，因驚覺，乃頭痛。」段成式《酉陽雜俎》前集卷八引李鉉著《李子正辨》云：「夢中身，人可見。」〔註 112〕《開元天寶遺事》卷二所載楊國忠的一件逸事，更有代表性：

> 楊國忠出使於江浙。其妻思念至深，荏苒成疾，忽晝夢與國忠交，因而有孕，後生男名朏。泊至國忠使歸，其妻具述夢中之事，國忠曰：「此蓋夫妻相念情感所致。」

正是在這樣一種夢與現實的界限非常模糊、甚至相互滲透的文化氛圍下，杜甫在《徐卿二子歌》中說：「君不見徐卿二子生絕奇，感應吉夢相追隨。孔子釋氏親抱送，並是天上麒麟兒。」（《杜詩詳注》卷十）仇兆鰲引張注：《拾遺記》：「孔子生之先，有麟吐玉書於闕里，云：『水精之子繫衰周而素王。』母徵在以繡紱繫麟角。」以爲「此證恰好相符」。〔註 113〕其實，張注只是字面相符，並不切合詩旨。當是徐卿向老杜言，二子之生，實是此前曾夢見孔子、釋迦，許諾予子，其後果驗。徐氏固然有弄玄虛的嫌疑，但在登夫子之榻以求子的偶像崇拜氛圍下，徐氏此夢，亦有由也。王十朋《萬先之生兩男，作洗兒歌賀之》：

> 君不見徐卿二子生絕奇，熊羆入夢非同時。徒煩孔子與釋氏，兩回抱送麒麟兒。（《全宋詩》卷二〇一九）

梅溪（王十朋號）正是演繹老杜詩句，猶得正解。丁傳靖《宋人

的作爲。（The soul of a sleeper is supposed to wander away from his body and actually to visit the places,to see the persons,and to perform the acts of which he dreams.）（ibid:181.）

〔註 112〕段成式《酉陽雜俎》，《唐五代筆記小說大觀》，上海：上海古籍出版社，2000：619。

〔註 113〕仇兆鰲《杜詩詳注》，北京：中華書局，1995：843。

軼事彙編》卷十六引《湧幢小品》言,梅溪是和尚嚴伯威死後所轉生者。梅溪叔父為僧,告訴梅溪:「吾師卒,汝祖一夕夢吾師至其家,手集眾花結成一大球字,顧汝祖而遺之,曰:『孝祖,君家求此久矣;吾是以來。』忽不見。是月汝母有娠,至十月而汝生」。此事實本於梅溪自述〔註114〕。所以,他對孔子送子的傳說,恐怕也是相信的。

《全宋詩》卷一六八七王洋《賀生孫詩》:「掌中送此麒麟兒,不是如來須孔子。長兒本自長沙得,驥子生孫定奇特。」卷二一○八葉衡《崑山呂正之三男子連中神童科,蓋奇事也;次嚴別駕韻》:「已知鳳穴梧棲穩,誰謂鵬程雲路艱。孔釋當年親抱送,由莊逸駕定追攀。」卷二四三八陳造《題龔養正孩兒枕屏二首》之二:「眼中何止舞雩音,況是君家積慶重。夢裏送來煩孔釋,要令門戶繼荀龍。」卷三六四五陳普《姚氏生男歌》:「孔釋果然親報送,天上麒麟汗血駒。」卷三七四九趙福元《壽徐尉》:「瓊胎掇入孔釋送,精神秋水目如電。」宋人這些孔子釋迦送子的句子,不是用典就可以交代過去的;必須把深層殘留的對孔子的偶像崇拜因素考慮進去,詩歌中這一現象才能得到愜當的解釋。

但孔子送子的功能在逐漸削弱,有時候,詩中乾脆不提孔子,只說釋迦送子,覺得釋迦單調,就把老子抓來替代;於是唐人所謂孔子釋迦送子信仰被老子釋迦貫徹下去。《全宋詩》卷一四八八孫覿《樞密胡公進諸子於學,年方冠,強記博覽,穎悟過人;某每過公,清夫、廉夫立侍公側,賦巨題,押強韻,率有奇語;歡愛之餘,作詩傳坐客云》:「家庭傳吉夢,釋氏曾抱送。」卷二三五四喻良能《次韻朱昂仲見寄一絕》:「政是夢熊佳節裏,釋迦抱送寧馨兒。」卷三○九三徐鹿卿《賀判府生子》:「天上雙麒麟,剛欲逐隊行。抱送者釋氏,協夢兮長庚。」卷三○○六王邁《劉氏內政及二寵同孕》:「老子釋氏親抱送,想應屢入維熊夢。」所以,後來佛教有「送子菩薩」、「送子觀音」、「送

〔註114〕《梅溪前集》卷十九有《記人說前生事》。

子天王」、「白衣送子觀音」，道教有「送子娘娘」、「送子張仙」，這些偶像，熱熱鬧鬧地供人去拜求，孔子送子的偶像崇拜卻消失了；送子的功能給悄無聲息地取消，替換掉了。〔註115〕

三、孔堂絲竹：儒生對孔子的偶像化情緒

孔安國《〈尚書〉序》〔註116〕中說，「至魯共王，好治宮室，壞孔子舊宅以廣其居，於壁中得先人所藏古文虞夏商周之書，及《傳》、《論語》、《孝經》，皆科斗文字。王又升孔子堂，聞金石絲竹之音，乃不壞宅，悉以書還孔氏。」魯共王壞孔子宅而得古書，自是實事；云聞孔堂絲竹，乃不壞宅，未免附會。《漢書》卷三十亦云：「武帝末，魯共王壞孔子宅，欲以廣其宮，而得《古文尚書》及《禮記》、《論語》、《孝經》，凡數十篇，皆古字也。共王往入其宅，聞鼓琴瑟鍾磬之音，於是懼，乃止不壞。」〔註117〕

王充則云：「恭王壞孔子宅以爲宮，⋯⋯聞絃歌之聲，懼復封塗，上言武帝。武帝遣吏發取，古經、《論語》，此時皆出。經傳也而有聞絃歌之聲，文當興於漢，喜樂得聞之祥也。當傳於漢，寢藏牆壁之中，恭王聞之，聖王感動絃歌之象。此則古文不當掩，漢俟以爲符也。」

〔註115〕 杜文玉在《論唐宋時期的生育神信仰及其特點》中指出，在唐宋，對生育神的信仰和前代相比，發生了較大的變化，不僅數量大爲增加，而且來源途徑也日趨複雜，已完全擺脫了早期信仰的原始性；生育神也最終走向專職化。其結論與我們在這裡做的考察相吻合，但該文忽視了儒釋道三教教主孔子、釋迦、老子原來也把送子作爲自己的職責之一。後來才基本上失去了，或完全失去了送子功能，此項事業轉手給別的小神一心一意地去經營！（杜文玉著《中國中古政治與社會史論稿》，西安：三秦出版社，2010：196～209。）

〔註116〕 孔安國《〈尚書〉序》，被收入《文選》卷四十五；何焯在讀《文選》時認爲，「此文似東漢人所作。」（《義門讀書記》卷四十九）。（何焯著《義門讀書記》，北京：中華書局，2006：962。）朱子雖疑其僞，但沒有公開否定它。

〔註117〕 《漢書》，《二十四史》（縮印本），北京：中華書局，1997（第2冊）：438。

（《論衡・佚文篇》）〔註118〕王充之書，以疾虛妄爲名，「《論衡》者，所以銓輕重之言，立眞僞之平」。（《論衡・對作篇》）對孔堂絲竹，不加辯正，反而附和孔子爲漢製作的讖緯迷信。難怪錢鍾書批評他：「王氏書斬釘處有當風之快，而固昧處又有墮霧之悶。」〔註119〕可見，「良史」如班固，「愼思明辨如王氏（充）」〔註120〕等眾口一詞，對孔堂絲竹深信不疑，說明時代風氣，對人的牢籠，如魚之相忘於江湖；雖豪傑之士，亦入其轂中而不覺。另一方面，也說明儒家對孔子，由於愛敬，不自覺地予之以神化了。〔註121〕孔堂絲竹的神話，在唐詩中尚若有若無，到宋詩中可就數見不鮮了。孔子的 45 代孫，孔道輔（986～1039），在北宋初即給孔堂絲竹定下調子。在《題祖廟二首》之一中云：

> 秦火自焚寧害聖，金絲堂壁闊家書。典墳啓發皆天意，
> 非謂共王好治居。（《全宋詩》卷一六二）

連魯恭王也成了上天啓發聖經詩書的工具——這是以前從未被人這麼說過的。《全宋詩》卷一三二五唐庚《六一堂》：「忽毀魯恭宅，中有夫子天。」也未免顚倒衣裳也；事實上是，毀孔子宅以廣魯恭王居，而非毀魯恭王宅！陸游《劍南詩稿》卷四十九《晴窗讀書自勉》：「天全魯壁藏，不墮秦虐火。」亦猶此也；《瀛奎律髓》卷二十八方回評玄宗《經鄒魯祭孔子而歎之》詩云：「此祭孔子必於其廟。所謂宅即魯王宮也；魯共王壞孔子舊宅以爲宮室，後所謂靈光殿者，巋然獨存，豈非以孔子之故哉。予過兗州東望洙泗，而識孔子之所在。惜

〔註118〕　《論衡》，《諸子集成》（影印本），上海：上海書店出版社，1996（第7冊）：199。

〔註119〕　錢鍾書著《管錐編》，北京：中華書局，1991：264。

〔註120〕　「良史」是《後漢書・班固傳》中范曄給予班固的論斷；「愼思明辨」是錢鍾書在《管錐編》中給王氏下的考語。

〔註121〕　這種神化孔子的心理，類似於《紅樓夢》七十八回的寶玉：當時晴雯死了，小丫頭子投合他思念愛婢的傷逝，當面編造晴雯成了芙蓉花神的神話，寶玉深信不疑，特地作了一篇《芙蓉女兒誄》的大文！

不及一往拜奠。讀此詩爲之悵然。」紀昀批云:「靈光不以孔子存!」
〔註122〕不一定要等到五百年後的紀昀來駁斥;當時也有清醒者在:
《全宋詩》卷三六七四熊禾《贈朱仁甫》:「魯餘宮殿已壯麗,廣地何
必取此爲?」〔註123〕

　　《全宋詩》卷二八五六陳宓《陪趙工部三峽白鹿之遊有感而賦》
之二:「一澗縈紆與洞深,長年金石孔堂音。」卷二九〇〇鄭清之《再
和勸學韻》:「諸生競詫邊腹笥,正音如聞孔堂石。」卷三〇一一袁甫
《再用前韻》〔註124〕:「生前身後渾如此,絲竹之音孔子堂。」卷三
五二六何夢桂《知盧可庵教諭鼓歌》:「舉世瞶瞶呼不應,千載孔堂絲
竹音。」卷三六四二戴表元《碧桃花歌》:「君不聞孔家藏書屋,屋壞
猶聞起絲竹!」卷三六七四熊禾《與徐同知》:「孔堂金石未盡泯,淹
中斷簡猶堪搜。」卷三七六四王翊龍《謝王繡使同二教舉充講賓》:「秦
灰不爇詩書種,孔壁猶鏗絲竹聲。」孔堂絲竹,對詩人而言,都有天
贊斯文的神秘信仰在裏面,正不必孔聖後裔才有此虔信。

　　方岳是南宋後期的詩人,錢鍾書在《宋詩選注》中只是說他「詩
名很大,差不多比得上劉克莊」;〔註125〕孔堂絲竹,在方岳詩中,也

〔註122〕方回選評 李慶甲集評《瀛奎律髓彙評》,上海:上海古籍出版社,
　　　　2008:1220。

〔註123〕黃進興說,「魯恭王竟以廣宮室爲名,壞孔子舊宅,而後雖致『孔
　　　　壁得書』,傳爲文化奇譚,但此舉究爲孔廟之厄,毋怪後儒深引爲
　　　　恥。」(《權力與信仰:孔廟祭祀制度的形成》,黃進興著《優入聖
　　　　域:權力、信仰與正當性》,北京:中華書局,2010:147。)

〔註124〕所用前韻是指其《衢學講堂更名時習和貳車韻五首》。

〔註125〕錢鍾書《宋詩選注》,北京:人民文學出版社,1988:283。錢鍾書
　　　　把方岳和劉克莊、戴復古(石屏)看作陸游、楊萬里、范成大歿後
　　　　的三個大詩人。對方岳有詳細的批評:「巨山(方岳字)爲江湖詩
　　　　人後勁,仕宦最達……寫景言情,心眼猶人。唯以組織故事成語見
　　　　長,略近後村(劉克莊),遜其圓潤。求老得佻,因佻轉腐;用字,
　　　　猶多湊砌,不妥之至;其合作則巧不傷格,調峭折而句翠利,亦自
　　　　俊爽可喜。然取徑不高,心摩手追,尤在誠齋、放翁;每有佳句,
　　　　按之皆脫胎近人。」(《錢鍾書手稿集》(容安館札記),北京:商務
　　　　印書館,2003:410。)

縈繞不去。《全宋詩》卷三二二○《題訥齋》：「孔堂絲竹春風和，賜也多參惟一唯。」卷三二二二《呈和仲》：「孔堂絲竹秋雨荒，弦誦琅然頓盈耳。」前者讓孔堂絲竹和明媚春光、翦翦和風融洽在一起，顯示出儒家所向往的人文與自然親和；後者讓孔堂絲竹和秋雨的荒冷蕭瑟對立起來，意欲用人文的柔韌去調服，在自然的荒涼上開拓一片詩意的理性空間（glade）。又，《次韻徐宰齋宿學宮》：「孔堂雨宿盍儒簪，自與諸儒守誨箴。白髮一經流俗眼，青山千古聖賢心。夜窗燈冷書如堵，春草壇荒杏滿林。想得夢回科斗壁，隱然絲竹尚遺音。」第二天要舉行祀孔典禮，所以當天晚上住在學宮。在這樣一個小草尚未埋沒地面，春雨帶來微寒的夜晚，青燈照著矗立四壁的黃卷，沒有外來的干擾與凡俗的酬酢。於是，詩人的心靈因齋戒而開通了直接千古聖賢的徑道（bee-line）：孔堂絲竹像浸透睡眠的夢一樣，完全把詩人（還有徐宰）淹沒了。

　　類似的情緒在比方岳更晚的詩人王奕身上也有突出的表現，並且因宋社既屋，衣冠淪落而增添了濃厚的悲劇色彩。《全宋詩》卷三三九二王奕《謝吳侍郎》：

　　　　　誰道靈光獨不焚，孔堂金石至今存。皇王帝伯從開闢，
不毀乾坤一合門。

　　據《全宋詩》王奕小傳，他在理宗淳祐四年（1244年）入太學，官玉山教諭；宋亡於元後，隱居教書；元世祖至元二十六年（1289年），率同鄉學子赴魯祭孔，寫了一批遊記性詩歌；很以親往祭孔為榮，這種情緒在詩中時有流露：《全宋詩》卷三三九二《贄見五峰燕先生》：「蓋頭不思戀茅屋，負笈遠拜夫子宮。」《和疊山到山陽郡學四詩》之二：「負笈有機尊魯國，扣閽無力上燕臺。」《登秦郵文遊亭天壁亭長歌》：「江南狂客歸自魯，騎驢載酒遊文遊。」《過江絕句》：「中流試扣金山老，曾有深衣過魯人。」《和段好古外郎二首》：「休煩蜀鳥勸歸頻，正欲尼山拜聖人。若使詩書灰烈焰，便應天地化微塵。」王奕與謝翱等遺民都有往還，滄海橫流之時，可稱獨立特行之士！所

以，他的《謝呈吳侍郎》感慨獨深：豈止是魯恭王的靈光殿巋然獨存，孔堂絲竹我至今猶聞！聖奧古斯丁說，迷信和信仰的區別是，迷信者是出於懼怕，信仰者則是出於愛，對信仰對象懷著子女對父母那樣的情感。〔註 126〕可以說，孔堂絲竹在王奕身上，表現出他對孔子和儒教所具有的一種崇高而悲壯的教徒情緒、糾結（complex）。

四、民間偶像化孔子式微

　　唐代國家意識形態和精英在反對民間將孔子偶像化時，沒有意識到國家祀孔典禮和民間祀孔並無本質區別，只有雅俗之分。宋代同樣反對平民百姓向至聖文宣王妄求福祐。我們舉宋哲宗時離孔子老家很近的高密為例。孔平仲《止謁先聖廟者》：

> 高密古名城，其地近闕里。絃歌聲相聞，往往重夫子。學宮雖荒涼，廟貌頗嚴偉。上元施燈燭，下俗奠醪醴。高焚百和香，競爇黃金紙。所求乃福祥，此事最鄙俚。朝廷謹庠序，五路茲焉始。建宮以主之，不肖實當此。澆澈皆掃除，安可循舊軌。丁寧戒閽人，來者悉禁止。嘗聞之魯論，丘之禱久矣。生也既無求，歿豈享淫祀。夜亭甚清虛，古柏自風起。悅之以其道，吾祖當亦喜。（《全宋詩》卷九二四）

　　詩裏說得很明白，那些到孔廟來上香燒紙，許願求福的善男信女，被一切禁止！〔註 127〕不許民間祭孔，嫌其將孔子偶像化，過於鄙俚，不莊重。祭孔行為，在唐宋，基本上由國家意識形態和儒家所壟斷；在政治比較清明，社會比較安定的時期，祭孔行為能夠按部就

〔註 126〕Augustine:The City of God against the Pagans. Cambridge University Press,1998: Book Ⅵ Chapter 9:257:A superstitious man fears the gods, whereas a religious man does not fear them like enemies,but venerates them like parents.

〔註 127〕黃進興說，孔廟祭典「呈現出強烈的封閉性」。指出元人《廟學典禮》「載有詔令再三申飭官員、使臣、軍馬不得於中外孔廟內安下，且嚴禁騷擾，玩樂。足見『遊觀』孔廟均在禁止之列，遑論參拜！」（黃進興著《聖賢與聖徒》，北京：北京大學出版社，2005：168。）

班地開展；但一有政治危機、社會動亂，統治階級窮於應付，疲於奔命，孔子就被冷落在一邊，無人過問。《全唐詩》卷三六三劉禹錫《和李六侍御文宣王廟釋奠作》：「遺教光文德，興王叶夢期。土田封後胤，冕服飾虛儀。鐘鼓膠庠薦，牲牢郡邑祠。聞君喟然歎，偏在上丁時。」雖然祀孔一年只有二八月上丁日兩次舉行（參見本文「文宣王」小節），讓讀書人喟歎，但尚不至廢弛。到晚唐，經過黃巢之亂，人命危淺，朝不保夕；祀孔的虛應故事都無從談起。儒生、詩人轉而眼紅釋道二教香火隆盛，瞠乎莫及！如，卷六五七羅隱《謁文宣王廟》：「晚來乘興謁先師，松柏淒淒人不知。九仞蕭牆堆瓦礫，三間茅殿走狐狸。雨淋狀似悲麟泣，露滴還同歎鳳悲。」又，《代文宣王答》：「吾今尚自披蓑笠，你等何須讀典墳。釋氏寶樓侵碧漢，道家宮殿拂青雲。」

　　顧炎武在《日知錄》卷二中說：「國亂無政，小民有情而不得申，有冤而不見理，於是不得不愬之於神。」黃汝成注引胡氏承諾曰：「王道大明，作福作災，於己取之──蓋無所事於神矣；道之不明，理不可信，不得不求救於神，以免意外之禍。愚民小夫緣此冀無端之福。」〔註128〕所以，偶像崇拜在戰亂時候最為繁盛，而這時的孔廟反襯得最為荒涼。既然不准到孔廟，不許把孔子作為偶像崇拜對象予以膜拜，下民只好去侍奉其他，更多的是佛道二教的眾神（gods）。相形之下，儒生們又有些唏噓不已。前引羅隱的詩已經反映出這一矛盾心理。

〔註128〕黃汝成撰《日知錄集釋》，長沙：嶽麓書社，1996：65.弗格森在《市民社會史》中有類似論斷：當人能夠把握自然進程時，他相信自己；外界的一切使他感到混亂，無能為力，他就求助於神，訴諸偶像，而且越是不可理喻的偶像，越是受到敬祀。（Ferguson.An Essay on the History of Civil Society.Cambridge University Press,1995:89:In what depends on the known or the regular course of nature,the mind trusts to itself ；but in strange and uncommon situations,it is the dupe of its own perplexity,and ,instead of relying on its prudence or courage,has recourse to divination,and a variety of observances,that,for being irrational,are always the more revered.）

　　北宋早期自號中庸子的釋智圓，具有濃厚的儒家思想，〔註129〕《全宋詩》卷一三六《瑪瑙院居戲題三首》之二：「湖光淡淡涵幽戶，苔色依依滿破廊。寂寞便同夫子廟，更無流俗入焚香！」孔廟在現實中無甚人光顧，門可羅雀。黃庶《賦古佛》：「樹老枝半死，碑斷壁底眠。古屋顏色改，有佛獨巋然。蒼首上雨足，壞臂蔓草纏。野老每再拜，往往報豐年。孔祠照四方，制度丹臒妍。朝夕過其下，孰肯為恭虔。土木茲僅分，吾民信益堅。」（《全宋詩》卷四五三）黃庶是黃庭堅的父親，當時國是尚未大壞，卻出現這一古怪現象：孔廟巍然，氣象雄偉，人們朝夕經過，都不肯進去致敬；寺廟破敗，人們卻專門趕去膜拜——為什麼？詩人認為，佛能禍福人，孔子卻從不對人做這樣的承諾！方夔《續感興二十五首》之一五：「愚者誘罪福，高者超神通。孔孟久不作，誰能掃其蹤。」（《全宋詩》卷三五三一）仇遠《金淵集》卷六《東郊少步》之二：「野風吹樹廟門開，神像凝塵壁擁苔。笑爾不能為禍福，村人誰送紙錢來！」也是有鑒於此。應該說，這也是孔子偶像化在民間無法開展下去的一個重要因素。

　　與此相關聯的還有一點，孔廟缺乏——或者說拒絕——偶像崇拜進行常規化管理與組織的祭司（flamen）；李約瑟在談到地方文廟時，說：「儒家根本沒有專業教士想法，因此孔廟中的執事與司禮者，便是地方官吏與學者。」〔註130〕所以，到南宋末年，在偶像崇拜熾盛的氛圍下，那種民間化的針對孔子的偶像崇拜，基本絕跡，只有佛老平分民間偶像崇拜的版圖。韓淲處於南宋相對安寧時期，《四庫全書總目》卷一六三稱他「制行清高，恬於榮利，一意

〔註129〕非常推崇韓愈，如《全宋詩》卷一三〇《讀韓文詩》：「（韓愈）力扶姬孔道，手持文章權；我生好古風，服讀常灑蒙。」《貽葉秀才詩》：「文字軻兼雄，志嫉墨與楊。」《暮秋書齋述懷》：「空齋學佛外，六經恣探討；為文宗孔孟，開談黜老莊。」
〔註130〕李約瑟著《中國古代科學思想史》，南昌：江西人民出版社，2000：35～6。

以吟詠爲事。」〔註131〕在《送鄭元老教授衡州》中，他曾抱怨：「三代之學廢，專門競成家。經隔千百年，孔廟徒奢誇！」（《全宋詩》卷二七五四）又，《十二日次韻昌甫》之二：「紛紛寺觀占溪南，不是瞿曇即老聃。何有閒人更周孔，況兼巷語鬥街談。」（《全宋詩》卷二七六八）〔註132〕可以說，孔子成爲儒教士人和官吏等上層人的守護神，只有他們才有權對偶像的孔子頂禮膜拜，下層民眾像阿Q不准革命一樣，被排斥在莊嚴的孔廟之外！

　　要之，唐宋時期對孔子的偶像崇拜有一個逐漸式微的過程。孔子塑像在全國普遍的設立，爲民間對孔子的偶像化崇拜提供了一個物質基礎；而人民的貧困與智識的落後爲偶像崇拜生產出行爲主體。但儒家知識分子反對，甚至禁止民間對孔子進行偶像崇拜活動。孔子送子功能的喪失，即是顯著的例子。雖然反對民間的偶像崇拜，但儒生對孔子也表現出明顯的偶像崇拜情緒。這在宋詩表徵孔堂絲竹的傳說中得到充分流露（參見本文「宋祀孔詩」小節）。所以，對孔子的偶像崇拜，在唐宋最終成爲儒生所專有的特權。

〔註131〕永瑢等撰《四庫全書總目》，北京：中華書局，1995（影印本）：1401。

〔註132〕與韓淲時代相接的莊綽，在《雞肋編》卷上云：「陳州城外有厄臺寺，乃夫子絕糧之地。今其中有『一字王』佛云——是孔子像，舊榜是『文宣王』。因風雨洗剝，但存『一宣王』，而釋子附會爲『一字王』也。其侍者冠服猶是顏淵之狀。」（莊綽《雞肋編》，《全宋筆記》第四編七，鄭州：大象出版社，2008：10。）最足見在民間孔子難敵外來的釋迦也。而孔廟在近代的狀況也好不到哪裏去。魯迅發表於1935年6月的《在現代中國的孔夫子》一文說，「每一縣固然都有聖廟即文廟，可是一副寂寞的冷落的樣子，一般的庶民，是決不去參拜的，要去，則是佛寺，或者是神廟。」（《魯迅雜文精選》，北京：人民文學出版社，2009：284。）黃進興說，孔廟冷落的「個中原委極可能是孔子思想既缺乏『形而上』趣味，也找不到超越的『人格神』，又無『彼世』的宗教泊地。這種理性的人文主義或許可以滿足儒生與統治階層的集體意識，但就芸芸眾生的心理需求而言，儒家思想在解釋個人切身的苦難時，顯得無能爲力。」（《孔廟的解構與重組：轉化傳統文化所衍生的困境》，黃進興著《優入聖域：權力、信仰與正當性》，北京：中華書局，2010：266～7。）

小結

　　本章分三節考察了孔子的誤讀在唐宋詩歌裏的表徵。第一節，道家（教）對孔子的誤讀最早出現，它一方面把孔子作為道家思想的傳聲筒，另一方面對孔子大肆貶抑，並認定孔子是老子的弟子。道教接受道家這些說法，並把孔子誤讀為神仙，安置在整個神仙譜系裏。這些在唐宋詩裏都有反映，特別是虔信道家（教）的詩人，如李白、蘇軾受影響的程度與痕跡至為明顯，在詩中，詩人公開地，或相對隱蔽地譏嘲、貶抑孔子，認同，或部份認同道家（教）對孔子的誤讀、扭曲。第二節，佛教對孔子的誤讀和道家（教）的情況類似，指稱孔子是佛的弟子，是儒童菩薩，直接將孔子予以收編和安置。虔信佛教的詩人，由於與孔子的積極救世主張不相契合，在詩中對孔子多有不滿，在價值上予以貶低；實有受佛教，自然也有道家（教）對孔子誤讀影響的成分。但這些詩人，如李商隱、王維，因所信奉的佛教宗派教義的不同，在對孔子的貶低中於態度上存在微妙差異。佛教誤讀孔子，不光虔信者受影響，它甚至波及一般士人。這隨著禪宗在中唐以後，尤其是在宋代風行，士人廣泛地參習，表現得更加深切著名。王勝之《傲歌》就是一個典型。在宋代士大夫主體意識增強的背景下，應合佛道對孔子的誤讀，儒生敢於指斥教主、君父，我們認為具有衝擊意識形態網羅，追求思想解放的積極意義。但宋代理學畢竟是在孔子的旗幟下開展的，所以宋人在指斥孔子時，不像唐人那麼直露無隱，這在有關唐宋詩歌的比較中也表現得很清楚。第三節，我們考察了孔子在民間的偶像化進程。貞觀四年（630 年），太宗下詔州縣皆立孔廟。〔註 133〕這就使孔子塑像普遍化。於是，對孔子作偶像崇拜提供了客體對應物。唐宋下層人民在沉重的剝削壓迫下，沒有閒暇從事知性改進，心靈缺少知識的啟蒙，這為偶像崇拜提供了數量眾多的

〔註 133〕黃進興《權力與信仰：孔廟祭祀制度的形成》引《新唐書》。（黃進興著《聖賢與聖徒》，北京：北京大學出版社，2005：35。）參見本文「唐宋國家祀孔詩」小節。

潛在的信仰主體。雖然具備這些條件，但唐宋民間對孔子的偶像化進程卻夭折了。我們以「送子」爲例，看到民間對孔子的宗教式信奉，最終被職業化偶像所替代。孔子在民間的偶像化之所以未完成，主要原因是：統治者和儒教人士竭力反對；孔廟不具備適當的開展偶像敬禮的祭司階層；孔子思想自身的非神秘化與對形而上的漠然。這樣，孔子在某種程度上，成了統治階級和儒教人士專用的偶像崇拜對象。這一進程，可以說是民間和儒教人士對孔子的誤讀的表現。本章考察的這些現象，都在唐宋詩裏找到了相應的表徵。

第四章　杜甫對孔子的幻滅感和認同

　　杜甫（712～770）在《醉時歌》中說，「儒術於我何有哉？孔丘盜跖俱塵埃！」可以說是杜甫對唐代國家意識形態中所宣揚的孔子與儒家的幻滅感的一個集中爆發；錢謙益在《少陵先生年譜》中斷定此詩作於天寶九載（750年）〔註1〕；浦起龍沒有那麼肯定，在《少陵編年詩目譜》中，只是認為此詩作於老杜在長安時，即天寶五年至十一年間〔註2〕——有一點是肯定的，《醉時歌》作於安史之亂之前。安史之亂是玄宗朝社會矛盾長期積累後的總暴露、大決裂；此前，尤其是天寶年間的歌舞昇平，達官貴人奢侈縱恣；玄宗也自以為「天下無復可憂，遂深居禁中，專以聲色自娛」。（《資治通鑑》卷二百十六）驕奢淫逸，奢華無度：「時諸貴戚競以進食相尚，上命宦官姚思藝為檢校進食使，水陸珍羞數千盤，一盤費中人十家之產」！（《資治通鑑》卷二百十六）而同時的關中地區，「連年水旱失時，米價騰貴，長安街頭也有餓殍出現」。〔註3〕杜甫的這種對孔子的幻滅感，實際上是對現實危機的敏感，用老杜的話可說是「一片花飛減卻春」，到危機全面爆發時，就是「風飄萬點正愁人」了。（《曲江二首》）在這樣

〔註1〕錢謙益箋注《錢注杜詩》，上海：上海古籍出版社，2009：724。
〔註2〕浦起龍著《讀杜心解》，北京：中華書局，1978：20；22。
〔註3〕王仲犖著《隋唐五代史》，上海：上海古籍出版社，2004：147。

一個唐王朝由盛到衰的大滑坡中，詩人杜甫和孔子、儒家的關係發生了什麼樣的變化呢？

第一節　杜甫對孔子的幻滅感

一、早年的儒者身份

　　天寶九載（750 年），杜甫在《進雕鶚表》的序中，鄭重地對他殷切期望中的讀者（implied reader）玄宗皇帝說：「自先君（杜）恕、（杜）預以降，奉儒守官，未墜素業。」〔註4〕他是認同「儒」這一身份，而不是詩人身份，雖然他接下來說自己：「自七歲所綴詩筆，向四十載矣，約千有餘篇。」那只是標明自己有文學天才，給自己的儒者身份增加額外的砝碼而已。杜甫《行次昭陵》：「文物多師古，朝廷半老儒。直辭寧僇辱，賢路不崎嶇。」（《杜詩鏡銓》卷四）王嗣奭說：「吾極喜『朝廷半老儒』一語；寫太平景象甚確。……『直辭』、『賢路』，語不虛下，蓋當時有不然者矣。壯士、幽人，蓋以自負。」〔註5〕（《杜臆》卷一）《唐宋詩醇》乾隆御評：「貞觀之治，三代以後所僅見。其行政、用人、納諫、進賢，亦非後代所及。『文物』四句能舉其要。不特此也，明皇勵精為治，開元政化，上媲太宗；不能持盈保泰，任用宵小，蔽塞聰明，以致天寶禍亂。」（卷十三）〔註6〕乾隆時的理學家李光地和皇帝笙磬相應，說：「此四句卻是貞觀致治之根，道得出太宗擅長處。當時承宇文之後，文物獨盛；而十八學士之屬，半於朝廷。然不聽其言，雖多奚為？若後進無人，亦非長治之道。」（《榕村語錄》卷三十）

　　杜甫原本希望通過對國家意識形態所贊同、支持、宣揚的孔子的認同，順利進入統治階級，實行自己「致君堯舜上，再使風俗淳」（《杜

〔註 4〕楊倫箋注《杜詩鏡銓》，上海：上海古籍出版社，2007：1040。
〔註 5〕王嗣奭撰《杜臆》，上海：上海古籍出版社，1983：8。
〔註 6〕《唐宋詩醇》，北京：中國三峽出版社，1997：276。

詩鏡銓》卷一《奉贈韋左丞丈二十二韻》）的遠大理想。《太平廣記》
引《摭言》云：「貞觀初，放榜日，太宗私幸端門，見進士於榜下綴
行而出，喜謂侍臣曰：『天下英雄入吾彀中矣。』」（卷一百七十八）
〔註7〕當時的科舉主要有明經和進士，社會風氣雖然重視進士，但明
經卻更是基礎性的；而且在唐代早期也很重要。像杜甫推崇的前輩詩
人陳子昂和王維〔註8〕，都是明經擢第而出仕的。〔註9〕而且即使進
士考試，也是要有熟悉的儒家典籍作基礎才保險。杜甫正是希望通過
此類考試，使自己脫穎而出，獲得一個施展才華的位置與機會。但天
寶時代已經與以前大不相同，玄宗這位所謂的「太平皇帝」與佞臣燕
巢飛幕似的只顧享樂，刻剝黎民，不管人民死活；杜甫也看到這一點，
在《自京赴奉先縣詠懷五百字》中說：「彤庭所分帛，本自寒女出；
鞭撻其夫家，聚斂貢城闕。」（卷三）但他還想試一試，抱著希望。

　　這個機會似乎來了；天寶六載（747年），「上欲廣求天下之士，
命通一藝以上皆詣京師。李林甫恐草野之士對策斥言其奸惡，建言舉
人多卑賤愚聵，恐有俚言污濁聖聽。乃令郡縣長官精加試練，灼然超
絕者具名送省，委尚書覆試，御史中丞監之，取名實相副者聞奏。既
而，至者皆試以詩、賦、論，遂無一人及第者。林甫乃上表，賀野無
遺賢。」（《資治通鑒》卷二百十五）杜甫是考生之一！（《錢注杜詩》
之《少陵先生年譜》）杜甫《壯遊》：「中歲貢舊鄉；氣劘屈賈壘，目
短曹劉牆。忤下考功第，獨辭京尹堂。」（《杜詩鏡銓》卷十四）錢謙
益斷定杜甫開元二十四年（736年）前應考下第。（《少陵先生年譜》）
兩次考試失敗，說明時代已經和太宗的貞觀大不相同了，甚至他祖父
杜審言所處的酷吏縱橫的時代，都他讓羨慕不已，只是可望而不可

〔註7〕李昉等編《太平廣記》，北京：中華書局，2010：1325。
〔註8〕杜甫《陳拾遺故宅》：「公生揚馬後，名與日月懸……終古立忠義，感
　　　激有遺篇。」（《杜詩鏡銓》卷九）《解悶十二首》之八：「不見高人王
　　　右丞，藍田丘壑漫寒藤。最傳秀句寰區滿，未絕風流相國能。」（《讀
　　　杜心解》卷六之下）
〔註9〕傅璇琮著《唐代科舉與文學》，西安：陝西人民出版社，2007：125。

及：「惟昔武皇后，臨軒御乾坤。多士盡儒冠，墨客藹雲屯。當時上紫殿，不獨卿相尊。」（《杜詩鏡銓》卷七《贈蜀僧閭邱師兄》）杜甫不免對自己認同的儒的身份進行重新審視，〔註10〕對孔子也有些懷疑起來。

《陪鄭廣文遊何將軍山林十首》之四：「盡捻書籍賣，來問爾東家。」（《杜詩鏡銓》卷二）王嗣奭云：「而時方獻賦不售，正當窮愁，忽興感愴，謂『詞賦』雖工何益，『書籍』亦為棄物，當捻而賣之，『問爾東家』，託此以終吾身而已。」（《杜臆》卷一）老杜在這裡用了孔子東家丘的典故，楊倫和仇兆鰲已分別注明。這也正是老杜用典出神入化的典型：表面上它在稱讚何將軍的山林，希望自己也能搬來和他做鄰居；另外還有壯志未酬的牢騷在裡面，懷疑儒家經典、孔子之道，是無用的棄物，只能當廢品賣，真想當面問一問這個「東家丘」！這裡的「問」和老杜在《遣悶》詩中的「端憂問彼蒼！」（《杜詩鏡銓》卷十九）中的「問」是一樣用法。

正常的渠道既不可通，杜甫只好在向皇帝獻賦之外，又向貴官贈詩獻藝，干謁。他曾說過「獨恥事干謁！」其實，為了擠進統治階層，他「干謁」的達官並不少。甚至違心地向在南詔和西北邊疆對少數民族窮兵黷武地加以屠戮的鮮于仲通和哥舒翰這樣的人，大唱讚歌〔註11〕，希求引薦。前賢亦曾注意及此。〔註12〕在這批干謁詩中，他仍

〔註10〕 查屏球認為，「杜甫家學不承杜預經學傳統」，「『詩是吾家事』，才是其家學傳統」，不過他也承認「杜甫在開元天寶年間即有強烈的儒家文化傾向」。（查屏球著《從遊士到儒士——漢唐士風與文風論稿》，北京：中華書局，2005：435～40。）

〔註11〕 《杜詩鏡銓》卷二有《奉贈鮮于京兆二十韻》、《投贈哥舒開府翰二十韻》。

〔註12〕 如《苕溪漁隱叢話後集》卷八引《藝苑雌黃》云：「以子美之忠厚疑若無愧於論交，其投贈哥舒翰云：『開府當朝傑，論兵邁古風。先聲百勝在，略地兩隅空。』其美之可謂至矣。及《潼關吏》詩，則曰：『哀哉桃林戰，百萬化為魚。請囑防關將，慎勿學哥舒。』何其先後之相戾若是哉？概之以純全之道，亦未能無疵也。」（胡仔纂集《苕溪漁隱叢話後集》，北京：人民文學出版社，1981：54。）

然堅持著儒的身份，只是牢騷日盛。《杜詩鏡銓》卷二《敬贈鄭諫議十韻》：「多病休儒服，冥搜信客旌。」又，《奉留贈集賢院崔、于二學士》：「儒術誠難起，家聲庶已存。」又《奉贈鮮于京兆二十韻》：「有儒愁餓死，早晚報平津！」又《前出塞九首》之九：「丈夫志四海，安可辭固窮！」對孔子「君子固窮」（《論語・衛靈公》）的教導有非議：大丈夫應該到邊疆建功立業，怎能以「固窮」為口實，青燈黃卷地安於貧賤！卷三《送蔡希曾都尉還隴右，因寄高三十五書記》：「健兒寧鬥死，壯士恥為儒。」不但「恥為儒」，而且覺得正是儒和孔子之道把他給耽擱了，以致老大無成！《杜詩鏡銓》卷一《奉贈韋左丞丈二十二韻》，劈頭蓋臉地就說：「紈袴不餓死，儒冠多誤身！」又說自己「難甘原憲貧」。《秋雨歎三首》之一：

> 雨中百草秋爛死，階下決明顏色鮮。著葉滿枝翠羽蓋，開花無數黃金錢。涼風蕭蕭吹汝急，恐汝後時難獨立。堂上書生空白頭，臨風三嗅馨香泣。（《杜詩鏡銓》卷二）

自己雖然還是一介儒生，但頭髮都白了。秋風蕭蕭，秋雨瀟瀟，百草都抵擋不住越來越嚴酷的環境，死掉，爛掉了，決明啊決明，我和你是否能抵擋得住外來的侵襲？對儒家之道感到失望，對孔子的一些教導，產生懷疑，不信任，但還沒有對之感到幻滅。

二、幻滅感的爆發

現實挫折之外，杜甫又感到自己日漸衰老，在詩中留戀不能自已。《杜詩鏡銓》卷一《贈比部蕭郎中十兄》：「飄蕩雲天闊，沉埋日月奔，致君時已晚，懷古意空存。」又《贈韋左丞丈濟》：「有客雖安命，衰容豈壯夫。」又《贈翰林張四學士垍》：「此生任春草，垂老獨飄蓬。」又《投簡咸華兩縣諸子》，自稱「杜陵野老」，發現「鄉里兒童項領成」——看那些孩子都長大了，和《熟食日示宗文、宗武》：「汝曹催我老，回首淚縱橫。」（《讀杜心解》卷三之五）都是慨歎自己老了；表現手法和鍾惺的名句「子侄漸親知老至」（《隨園詩話》卷七）

類似。卷二《樂遊園歌》：「數莖白髮那拋得？」又《曲江三章章五句》之一：「游子空嗟垂二毛。」又《醉時歌》：「杜陵野客人更嗤，被褐短窄鬢成絲。」又《醉歌行》：「汝身已見唾成珠，汝伯何由髮如漆！」又《投贈哥舒開府翰二十韻》：「未爲珠履客，已見白頭翁。」又《承沈八丈東美除膳部員外，阻雨未遂馳賀，奉寄此詩》：「徒懷貢公喜，颯颯鬢毛蒼。」哀歎自己頭髮斑白，老態已具。

　　疾病也一直纏身不去。借用《西廂記》裏「多愁多病身」（第一本第三折）來概括老杜一生倒非常準確。《杜詩鏡銓》卷一《病後遇王倚飲，贈歌》：「多病沈年〔註13〕苦無健。王生怪我顏色惡，答云伏枕艱難遍，瘧癘三秋孰可忍，寒熱百日相交戰。頭白眼暗坐有胝，肉黃皮皺命如線。」又，卷三《送率府程錄事還鄉》：「鄙夫行衰謝，抱病昏忘集。」桑塔格從自己的生病經歷中，得出一個結論：「疾病的不幸，能夠使人擦亮眼睛，看清一生中的種種自欺和人格的失敗。」又說：「只有當人遭遇死亡時，才會變得敏感。」〔註14〕就是在這樣一種已到人生的秋季，內外交困、身心俱瘁的狀態下，——中年的杜甫對個體生命存在的真實有了貼切的理解，終於迸發出這樣一句「孔丘盜跖俱塵埃！」

　　杜甫「孔丘盜跖俱塵埃」，有個體生命同歸於盡的感慨；但重點不在這裡，他所悲慨的是，自己服膺孔子之道，在冷酷的現實面前，無法通過正常的渠道，獲得一個安身立命的位置和實現自我價值的機會；只能「騎驢三十載〔註15〕，旅食京華春。朝扣富兒門，暮隨肥馬

〔註13〕仇兆鰲云：「沈年，終年也。」（《杜詩詳注》卷三）蓋指長期有病（chronic），該詩接下來老杜描繪的是他整個秋天都苦於瘧疾。

〔註14〕蘇珊‧桑塔格著　程巍譯《疾病的隱喻》，上海：上海譯文出版社，2003：39～40；29。

〔註15〕仇兆鰲云：「公兩至長安：初自開元二十三年赴京兆之貢（舉），後以應詔到京，在天寶六載——爲十三載也。」（《杜詩詳注》卷一）浦起龍從仇說，將「三十載」改爲「十三載」。（《讀杜心解》卷一）洪業言，盧元昌《杜詩闡》（刻本自序於康熙壬戌〔1682年〕）已云：「『三十載』當是『騎驢十三載』，時杜公年未四十。」（洪業《杜詩

塵。殘杯與冷炙，到處潛悲辛！」（卷一《奉贈韋左丞丈二十二韻》）
所以，他的幻滅感，顯得幽憤而深廣，具有一種震撼人心的力量，非
尋常哀歎一己生命流逝與時乎不再的小智慧所能比併。比如，孔融在
《與曹操論盛孝章書》中開頭就說：「歲月不居，時節如流！」（曾國
藩編《經史百家雜鈔》卷十四），和老杜這句詩比，總感輕飄飄的，
分量不夠；再如下面提到的錢鍾書所引太白那句詩，意思和老杜差不
多，似乎也沒有「孔丘盜跖俱塵埃」的撲面的蒼涼。

　　《杜詩詳注》卷三，仇兆鰲引南宋時的俞文豹，曰：「孔子萬世
之師，敢名呼而儕之盜跖，有傷名教。」劉鳳誥《杜工部詩話》卷一：
「宣聖萬古同尊，自蒙莊放語，妄以孔跖對舉，後世詩家效尤，雖少
陵已蹈其失。如，『孔丘盜跖俱塵埃』，因慨儒術之衰，謬謂聖狂同盡；
題曰《醉時歌》，誠醉語也。」〔註16〕劉鳳誥一口咬定的孔子「萬世
同尊」，不合史實；我們知道孔子在國家意識形態中的地位是有變化
的；在唐代，尤其是前期，孔子雖然是聖，但強調的是儒者師的方面。
孔子那種不可觸及的神聖地位，是明清意識形態僵化後的產物——即
使在宋代道學文化繁興的背景下，孔子也不是那麼尊而不親。而且在
《八哀詩》之七中讚揚鄭虔：「天然生知姿，學立游夏上」；「空聞紫
芝歌，不見杏壇丈。」（《杜詩鏡銓》卷十四）又是「生知」，又是「杏
壇丈」；老杜直把鄭虔比作孔子。後人看去也很不倫不類。明末經歷
過國破家亡之痛的王嗣奭，對此就比較平和些，說：「此篇（《醉時歌》）
總是不平之鳴，無可奈何之詞，非真謂垂名無用，非真薄儒術，非真
齊孔跖，亦非真以酒為樂也。杜詩『沉醉聊自遣，放歌破愁絕』，即
此詩之解。」（《杜臆》卷一）此詩，現代人的闡釋則是：「既評儒術，
暗諷朝政，又似在茫茫世路中自解自慰，一筆而兩面俱到。末聯（按：

引得序》，《中國現代學術經典·洪業卷》，石家莊，河北教育出版社，
　　1996：373。）
〔註16〕劉鳳誥《杜工部詩話》，張忠綱編注《杜甫詩話六種校注》，濟南：
　　齊魯書社，2002：191。

即『不須聞此意慘愴，生前相遇且銜杯』）以痛飲作結，孔丘非師，聊依杜康，以曠達爲憤激。此詩豪放不失蘊藉，悲慨無傷雅正。」﹝註17﹞但也只是就詩論詩，沒有把它和杜甫的整個思想有機體（organism）聯繫起來，沒有把它放置在詩歌共同體（community）中進行考察。杜甫在這裡表現出的是對其世代信仰的孔子所有的幻滅感（disillusion），而此幻滅感的來源是現實的殘酷堅硬，無法穿透無法動搖；也是對人生眞相的頓悟，刹那的照亮。

這種幻滅感一再在杜甫的詩歌中出現，而且彌漫開來。《杜詩鏡銓》卷一《同諸公登慈恩寺塔》：「回首叫虞舜，蒼梧雲正愁；惜哉瑤池飲，日晏崑崙丘。」《唐詩選》解釋說：「作者南望雲空，西觀落日，想到虞舜死葬蒼梧野，周穆王也不能再到崑崙丘，帝王也不免一死。」﹝註18﹞卷三《蘇端、薛復筵簡薛華醉歌》：「忽憶雨時秋井塌，古人白骨生青苔，如何不飲令心哀。」王嗣奭云：「井是貴者之墓，猶今言陵，爲金井也。」（《杜臆》卷二）古代的貴人，如今連名字都不爲人知，連綿的秋雨沖刷著死者惟一殘留——白骨！又，《喜晴》：「千載商山芝，往者東門瓜，其人骨已朽，此道誰瑕疵。」秦漢之際的隱士商山四皓、在東門外種瓜的邵平，連骨頭都找不到了，誰又對他們的操守說些什麼，即使那樣，又有什麼意義呢？又，卷四《玉華宮》：「美人爲黃土，況乃粉黛假。當時侍金輿，故物獨石馬。」當時一笑百媚生的傾國傾城者，變爲黃土，只有沉重的石馬在那裡守候了；又，卷十四《往在》：「是時妃嬪戮，連爲糞土叢。」雖是人爲的災難，卻達到與自然一樣的效果。又，卷五《遣興五首》之五：「朝逢富家葬，前後皆輝光。共指親戚大，緦麻百夫行。送者各有死，不須羨其強。君看束縛去，亦得歸山岡。」楊倫云：「言貧富貴賤強弱，同歸於盡。」

﹝註17﹞曹慕樊著《杜詩雜說全編》，北京：生活・讀書・新知三聯書店，2009：449。

﹝註18﹞中國社科院文學研究所選注《唐詩選》，北京：人民文學出版社，2009：211。

又，卷九《謁文公上方》：「王侯與螻蟻，同盡隨丘墟。」又，卷十《放歌行》：「嗚呼古人已糞土，獨覺志士甘漁樵。」又，卷十五《閣夜》：「臥龍躍馬終黃土，人事音書漫寂寥。」鞠躬盡瘁的諸葛亮和割據一方的公孫述，生前賢愚忠逆，雖有不同，最終同歸於盡；人事音書，縱然寂寥無聞，又何必在意。方回評云：「『臥龍躍馬俱（按：『俱』當作『終』，蓋因『孔丘盜跖俱塵埃』而混淆）黃土』，『孔丘盜跖俱塵埃』，『玉環飛燕皆塵土』（按：此是辛棄疾詞《摸魚兒》中的句子），一意。感慨浩蕩，他人所無！」﹝註19﹞卷十五，《晚登瀼上堂》：「衰老自成病，郎官未為冗。淒其望呂葛，不復夢周孔。濟世數向時，斯人各枯冢。」又，卷十九《上水遣懷》：「冥冥九疑葬，聖者骨已朽。蹉跎陶唐人，鞭撻日月久。」這種幻滅感一再在杜甫詩歌裏出現，而且不斷擴大，觸物成詠，因地賦形，簡直是難以縷述。而對孔子的幻滅感，正是這種悲涼情緒的極致。它由社會現實的壓迫，和個體對生命真相的透悟而逼出。

三、自我流放

其實，這種時不我待，對個體生命真相的窺破，已是詩歌裏的老生常談了：《詩‧山有樞》：「子有車馬，弗馳弗驅，宛其死矣，他人是娛！」《古詩十九首》：「人生忽如寄，壽無金石固。不如飲美酒，被服紈與素。」晉代，這種頹廢的虛無情緒更加變本加厲；《列子‧楊朱》：「萬物：齊生齊死，齊賢齊愚，齊貴齊賤；十年亦死，百年亦死，仁聖亦死，凶愚亦死。生則堯舜，死則腐骨；生則桀紂，死則腐骨──腐骨一矣，孰知其異？且趣當生，奚遑死後！」《列子》中這類論調，錢鍾書認為，「已略同古希臘 Aristippus 等之利己享樂論（egoistic hedonism）」；並且徵及李白《行路難》：「且樂生前一杯酒，

﹝註19﹞方回選評　李慶甲集評《瀛奎律髓彙評》，上海：上海古籍出版社，2008：29。杜甫《閣夜》，《瀛奎律髓》卷一登覽類與卷十五暮夜類，皆收載，重出，但評語不同。

何須身後千載名？」﹝註20﹞這些提倡及時行樂的詩句和頹廢思想，都是在人必有一死這個前提下，推出的應對策略。當然，也有爲放縱情慾，而特地拿此搪塞自己或他人良心的。也就是說，老杜對孔子的幻滅感，還有受到傳統及時行樂頹廢思想影響的地方。

　　現實狀況既已是這樣不容樂觀地鐵硬，相應地自然要有一個應對的策略，無論效果如何。「孔丘盜跖俱塵埃」之後，老杜在《醉時歌》中又說：「不須聞此意慘愴，生前相遇且銜杯！」《杜詩鏡銓》卷一《杜位宅守歲》：「誰能更拘束？爛醉是生涯。」卷四《曲江二首》之一：「細推物理須行樂，何用浮名絆此身。」面對著幻滅的現實，一副要借酒遣愁送年華的豪放，不拘名教的縱樂；但那只是一時的豪言壯語！況且，他的策略，也沒有什麼高明的地方，無非是「且銜杯」，得過且過，用酒精麻醉自己；就詩歌和傳統思想來看，說不上有什麼新意。西方的存在主義者指出，一生中，人不斷地做出抉擇，生命的意義就是在這些當下的行爲中給顯示出來。﹝註21﹞縱觀杜甫一生的詩篇，他情緒高昂地要縱酒享樂的應對策略，實際上，沒有被徹底推行，或者說推行得很不徹底。他採取了另外一種策略，我們說它是自發性的，因爲老杜對自己採取的策略，似乎並沒有明確的意識。這一策略的外在表現就是，詩人一再地、再三地流放自己。自他於乾元元年（758年）被貶爲華州司功，清楚孔子所提倡的行道濟民的理想不會實現，從那時起，就開始他的流放之路了；如果從安史之亂後的逃亡開始算起，到他在長江中游的小城耒陽去世，正好有十四年。又和孔子周遊

﹝註20﹞ 錢鍾書著《管錐編》，北京：生活・讀書・新知三聯書店，2007：787　　～8。

﹝註21﹞ The Cambridge Companion to Heidegger,edited by Charles Guignon. Cambridge University Press, 1993: Death,time,history:DivisionⅡ of Being and Time,by Piotr Hoffman:196:At every stage of my life I can always take this rather than that option open to me-- and,in so doing,not only do I determine what the course of my life will be from now on,but I also reshape and redefine the meaning of what my life was all about until now.

列國的自我流放時間相同！這只是巧合，但頗具象徵意義。（參見「孔子身份：旅人」小節）他自己也可能意識到和孔子當年周遊列國時的情形有些類似。所以，才會有「聖賢兩寂寞，渺渺獨開襟」（卷十九《過津口》）這樣的沖淡和灑脫。

　　西方論者認為，在傳統社會中，個人通過對宗教或社會風習的認同與服從，使自己成為社會的一員，從而使生命獲得安全感，主體得到安頓，精神有所寄託，也賦予人生以意義；否則，個體將是孤獨而飄浮的。〔註22〕看起來，在安史之亂之前，杜甫已經處於一種無根的飄浮狀態。《杜詩鏡銓》卷一《奉寄河南韋尹丈人》：「青囊仍隱逸，章甫尚西東。」又，《贈翰林張四學士垍》：「此生任春草，垂老獨飄零。」卷二《投贈哥舒開府翰二十韻》：「壯節初題柱，生涯類轉蓬。幾年春草歇，今日暮途窮。」而且，覺得自己不為整個社會所容，有一種「眾人皆醉我獨醒」（卷二《醉歌行》）的超越的悲涼。卷二《上韋左相二十韻》：「回首驅流俗，生涯似眾人。巫咸不可問，鄒魯莫容身！」卷三《橋陵詩三十韻因呈縣內諸官》：「諸生舊短褐，旅泛一浮萍；荒歲兒女瘦，暮途涕泗零。」又《三川觀水漲二十韻》：「浮生有蕩汩，吾道正羈束。人寰難容身，石壁滑側足。」卷三《奉送郭中丞兼太僕卿充隴右節度使三十韻》：「恥非齊說客，愧似魯諸生。」卷十一《草堂》：「天下尚未寧，健兒勝腐儒。飄飄風塵際，何地置老夫？於時見疣贅，骨髓幸未枯；飲啄愧殘生，食薇不敢餘。」老杜覺得自己是輕蓬、浮萍，都是一點兒也做不得主，只能任由外來播弄。安身

〔註22〕The Cambridge Companion to Heidegger, edited by Charles Guignon. Cambridge University Press, 1993: Authenticity, moral values, and psychotherapy, by Charles B. Guignon: 216：In earlier, preindustrial societies, according to Progoff, 'individuals experienced the meaning of their lives in terms of local religious orthodoxies and accustomed national or tribal ways of life' of their communities. These traditional practices and institutions 'provided built-in psychic security for the individual.' When faith in these commonalities broke down, however, the individual was left unprotected. With no recourse to a spiritual past shared with others, the individual 'was isolated and cut adrift.'

尚不可得，個體價值和意義更是無從談起。安史之亂前已經如此，亂後，雪上加霜，狀況更壞了。

剛開始經營成都草堂的時候，老杜有安居下去的意思，不想再漂泊無定，所以在《為農》中說「卜宅從茲老」（卷七），也費了很大事：從王十五司馬弟得贈營草堂資，從蕭八明府實處覓桃栽，從韋二明府續處覓綿竹，憑何十一少府邕覓榿木栽，憑韋少府班覓松樹子栽，又於韋處乞大邑瓷碗，詣徐卿覓果栽，都有詩作，在字面上熱鬧得像《詩經·綿》中亶父在周原建屋一樣。卷十一《游子》：「巴蜀愁誰語，吳門興杳然。九江春草外，三峽暮帆前。厭就成都卜，休為吏部眠。蓬萊如可到，衰白問群仙。」《詩林廣記》引《詩眼》：「《游子》詩：『巴蜀愁誰語，吳門興杳然。』巴蜀既無可與語，故欲遠之吳會。『九江春草外』，則想像將來吳門之景物；『三峽暮帆前』，則去路先涉三峽之風波。『厭就成都卜，休為吏部眠。』君平之卜，所以養生，畢卓之酒，所以忘憂——今皆不能如意，則犯三峽之險，適九江之遠，豈得已也哉！夫奔走萬里，無所稅駕，傷人世險隘，不能容己。故曰：『蓬萊如可到，衰白問群仙。』終焉！」〔註23〕范溫對老杜無法安居格格不入的心理狀態的闡發，可謂入微。孔子十四年周遊列國，是一種自我流放，自己很清楚：「行其義也；道之不行，已知之矣。」（《論語·微子》）老杜也是這樣——當然他沒有那麼明確的自我意識。老杜甚至在夔州置有不少產業（卷十八有《將別巫峽，贈南卿兄果園四十畝》詩），卻也不能把他羈束住，毅然將瀼西果園四十畝脫手贈人，隨浩蕩江水，放船出峽。

王嗣奭云：「老杜千載往矣，讀其詩奕奕生動，言喜令人欲舞，言苦令人拭淚——此精神不死，而流行於天地之間者，不謂之仙，吾不信也。平生遭歷千愁萬苦，天蓋注意此老，煉之以成仙而不自知也。」（《杜臆》卷三）又云：「（杜甫）平生飢餓窮愁，無所不有，天若有意鍛鍊之；

〔註23〕蔡正孫撰《詩林廣記》，北京：中華書局，1982：25。

而動心忍性，天機自露，如鐵以百鍊而成鋼。所存者鐵之筋也，千年不磨矣。」（《杜臆》卷五）王嗣奭說「動心忍性」，自然是心中有孟子「生於憂患，死於安樂」（《孟子·告子》下）和「人之有德慧術知者，恒存乎疢疾」（《孟子·盡心》上）這樣的意思在裏面。〔註24〕

　　錢鍾書指出，「逃避苦悶，而浪跡遠逝，乃西方浪漫詩歌中一大題材」；而且中國文學中同樣有這樣的傳統，比如《離騷》，屈原爲擺脫愁苦，而浪跡遠遊：「憂思難解而以爲遷地可逃者，世人心理之大順，亦詞章抒情之常事。」〔註25〕杜甫的這種不斷的自我流放，自然有屈原以來的傳統的因素，另外還表明他沒有被現實世界所完全同化，內心深處仍在艱難地信守著「吾道」。後來回憶棄官遷徙，他平淡地說是「本無軒冕意，不是傲當時。」（卷八《獨酌》）「臥疾淹爲客，蒙恩早側儒；廷爭酬造化，樸直乞江湖。」（卷十八《大曆三年春，白帝城放船出瞿唐峽，久居夔府將適江陵，漂泊有詩，凡四十韻》）一點也沒有怨天尤人的意思。杜甫對孔子和儒家的幻滅感是在安史之亂前爆發出來，此後不久，他就棄官自我流放。這表明杜甫不但對孔子的教導在思想上幻滅，而且朝廷政治的混亂，讓他在現實層面上也

〔註24〕此一觀念影響如此深遠，以致陳寅恪在《〈王靜安先生遺書〉序》中說：「古今中外志士仁人，往往憔悴憂傷，繼之以死。」（陳寅恪著《金明館叢稿二編》，上海：上海古籍出版社，1980：219；又，《陳寅恪學術文化隨筆》，北京：中國青年出版社，1996：6。）則把這種「天眷」從空間上，擴大到外國；從時間上，延伸到今天！而西方文學中有兩個流放者形象：一個是亞當之子該隱，因有殺弟之罪，受到上帝詛咒，在大地上流浪（a fugitive and a vagabond shalt thou be in the earth.）（The Holy Bible, King James Version: Genesis 4:12.）。另一個是猶太人（wandering Jew），因耶穌在往十字架的路上嘲笑基督，受罰流浪直到末日審判之時（condemned to roam the earth until the Day of Judgement, as a punishment for having taunted Christ on the way to the Crucifixion, urging him to go faster.）（Oxford Dictionary of Allusions, edited by Andew Delahunty, etc, Oxford University Press, 2001：391.）。老杜當然不是這樣。不是天譴，卻是天眷！本質與目的雖異，表現形式卻沒有區別。

〔註25〕錢鍾書著《管錐編》，北京：生活·讀書·新知三聯書店，2007：892。

灰心了。因為不再有希望，心理反而平靜下來，以局外人的眼光看待變幻的現實。

第二節 杜甫對孔子的認同

一、杜詩裏的「子曰」〔註26〕

　　杜甫雖然對孔子感到幻滅，但在幻滅之後又不斷地回到孔子，對孔子在精神上認同。王嗣奭在詮釋杜甫《除架》詩〔註27〕時說：「末謂凡有生物，天人相參，即如瓠之成壞則天也，而栽培則人也。論天則寒至而牢落，論人則消息循環，消之極，自有息之初，聽其自轉而已，又何憾焉？讀此二詩（按：「詩」當作「句」，指《除架》詩末兩句也），夫子之不怨不尤，與聖人知進退存亡而不失其正，皆是物也。」（《杜臆》卷三）《論語‧憲問》：「子曰：『不怨天，不尤人。』」這裡的「夫子」，自然有孔子在；但重心不在此，主要是指杜甫而言。《杜詩鏡銓》卷四《彭衙行》：「誓將與夫子，永結為弟昆。」王嗣奭謂此「乃述孫宰語」，舊注以「夫子」指孫宰，誤。（《杜臆》卷二）《杜詩詳注》卷五、《杜詩鏡銓》卷四皆徵引王嗣奭語，並贊同這裡的「夫子」是故人孫宰稱呼杜甫。所以，王嗣奭以夫子指杜甫，正是本地風光，不須外求。《杜詩鏡銓》卷二十《湘江宴餞裴二端公赴道州》：「上請滅兵甲，下請安井田。」王嗣奭云：「此乃孔孟所以鄙薄管仲者，秦漢以來，唯董仲舒曾一發之，而又見於公。余是以謂公聞道，非諛

〔註26〕《清波雜志》卷十：周煇自言欲撰《梅史》，「復考少陵詩史，專賦梅才二篇，因他泛及者固多。取專賦，略泛及，則所得甚鮮。若並取之，又有疑焉。叩於汝陰李迣年，李曰：『詩史猶國史也；春秋之法，襃貶於一字。則少陵一聯一語及梅，正春秋法也……（詠梅句）其可迣遺？』」（劉永翔《清波雜志校注》，北京：中華書局，1994：455。）正和我們在此遭遇的難題類似；對杜詩中相關詩句，我們也採取了李迣年所支持的不可「迣遺」的態度。

〔註27〕《杜詩鏡銓》卷六《除架》：「促織甚微細，哀音何動人。草根吟不穩，床下夜相親。久客得無淚，放妻難及晨。悲絲與急管，感激異天真。」

也。」(《杜臆》卷十)

　　《養一齋李杜詩話》引趙次公曰:「杜陵野老負王佐之才,有意當世而骯髒不偶,胸中所蘊,一寓於詩。其曰:『許身一何愚,自比稷與契。』又曰:『致君堯舜上,再使風俗淳。』此其素願也。至其出處,每與孔孟合。『尚憐終南山,回首清渭濱。』則其遲遲去魯之懷。『熏業頻看鏡,行藏獨倚樓。』則有皇皇得君之意。」然後,潘德輿說:「考杜公詩,於國家之利病,軍國之成敗,往往先事而謀,援古而諷,無不中窾要。而其難進易退,去就皎然,亦何嘗非『接淅而行』、『三宿出晝』之宗派哉!」〔註28〕他們都對杜甫的政治才能不免有些誇大。要之,從詩歌看,杜甫與孔子確實有不少類似的地方。

　　《論語・憲問》:「南宮适問孔子:『禹稷躬稼而有天下。』夫子不答。」何晏云:「(南宮)适意欲以禹稷比孔子,孔子謙,故不答也。」〔註29〕朱熹在《論語集注》中亦持此說。〔註30〕蘇軾曾云:「杜子美自許稷與契,人未必許也。然其詩云:『舜舉十六相,身尊道何高。秦時用商鞅,法令如牛毛。』此是稷契輩人口中語也。」〔註31〕蘇軾這樣說,其實是承認杜甫至少在思想觀念上,和稷契是有共同性的。雖然不能說杜甫擬聖,但這樣著跡象地步趨,說明他對孔子是認可的,孔子是效法的對象。胡仔引《西清詩話》:

　　　　杜少陵云:「作詩用事,要如禪家語:水中著鹽,飲水
　　乃知鹽味。此說詩家秘密藏也。」(《苕溪漁隱叢話前集》
　　卷十)〔註32〕

〔註28〕潘德輿《養一齋李杜詩話》,張忠綱編注《杜甫詩話六種校注》,濟南:齊魯書社,2002:328。

〔註29〕何晏《論語集解》,《十三經》(四部叢刊本),上海:上海書店出版社,1997:1470。

〔註30〕程樹德《論語集釋》,北京:中華書局,2010:956。

〔註31〕方深道《諸家老杜詩評》,張忠綱編注《杜甫詩話六種校注》,濟南:齊魯書社,2002:32。

〔註32〕又,見蔡絛《西清詩話》(明鈔本),張伯偉編校《稀見本宋人詩話四種》,南京:江蘇古籍出版社,2002:187。

　　這和杜詩非常切合。我們前面考察過杜詩中的「來問爾東家」，就是一個化用典故的例子。《杜詩鏡銓》卷四《偪側行贈畢曜》：「東家蹇驢許借我，泥滑不敢騎朝天。」諸家皆未注出處。其實，它是本於《論語・衛靈公》：「子曰：『吾猶及史之闕文也。有馬者，借人乘之，今亡矣夫！』」東家既隱含孔子，又戲指老友畢曜；由於此一典故的內在張力，使詩句有一種飛起來的靈動。又，卷二《夏日李公見訪》：「隔屋喚西家，借問有酒不。」老杜喚他鄰居是「西家」，他自是「東家」了，也許是寫實性的；但細味全詩，總感到有「東家丘」的戲謔，和才能不爲人知的辛酸，與孔子不爲西家愚夫所敬禮的尷尬，產生遙遠的共鳴。

　　宋人曾謂，「丹青不知老將至，富貴於我如浮雲」（《杜詩鏡銓》卷十一《丹青引贈曹將軍霸》），是「自然不做底、語到極至處者。」〔註33〕所謂「自然不做，語到極至」，實際上就是化用典故的另外一種說法。此處，上句用《論語・述而》中孔子自說「發憤忘食，樂以忘憂，不知老之將至云爾」。下句用的也是孔子《述而》中的話：「不義而富且貴，於我如浮雲。」又，卷六《別贊上人》：「是身如浮雲，安可限南北！」上句用孔子的話，下句仍用孔子的話。《禮記・檀弓》上：孔子曰：「今丘也，東西南北人也。」又，卷九《謁文公上方》：「甫也南北人，蕪蔓少耘鋤。」仍用孔子的話，言其飄泊不定。卷三《奉寄河南韋尹丈人》：「青囊仍隱逸，章甫尙西東。」《禮記・儒行》：孔子對魯哀公問：「丘少居魯，衣逢掖之衣；長居宋，冠章甫之冠。」所以，「章甫尙西東」，用了孔子的兩句話！

　　波德萊爾說：「要看透一個詩人的靈魂，就必須在他的作品中搜尋那些最常出現的詞語。這些詞語會透露出是什麼讓他心馳神往。」〔註34〕可以看作詩人的經驗之談。杜甫是一個力求創新的詩

〔註33〕《苕溪漁隱叢話前集》卷六：「《呂氏童蒙訓》云：謝無逸語汪信民云：老杜有自然不做底語到極至處者，有雕琢語到極至處者。」
〔註34〕轉引自，胡戈・弗里德里希著《現代詩歌的結構：19世紀中期至20

人，〔註35〕所以他詩中那些經常出現的詞語，值得重視。「東家丘」
衍生出的「東家」、「西家」在杜甫詩中一再出現。《杜詩鏡銓》卷
十《將適吳楚，留別章使君留後，兼幕府諸公，得柳字》：「昔如縱
壑魚，今如喪家狗。」又，卷二十《奉贈李八丈曛判官》：「眞成窮
轍鮒，或似喪家狗。」「喪家狗」對老杜的飄泊生涯有高度的概括
性，也顯示他對孔子確有精神上的不自覺的認同，偏好。《韓詩外
傳》卷九，對「喪家狗」有所闡微：「汝獨不見夫喪家之狗歟？既
斂而槨，布器而祭，顧望無人，意欲施之。上無明王，下無賢方伯，
王道衰，政教失，強陵弱，眾暴寡，百姓縱心，莫之綱紀。是人固
以丘爲欲當之者也。」〔註36〕這大概也是老杜對他所處的安史之亂
後的「戰血流依舊，軍聲動至今」（卷二十《風疾舟中伏枕書懷三
十六韻奉呈湖南親友》）的現實的感受。

我們注意到，老杜還好採用一些孔子話語中的詞，安插在詩句
中。《杜詩鏡銓》卷六《空囊》：「世人共鹵莽，吾道屬艱難。」又，《寄
岳州賈司馬六丈、巴州嚴八使君兩閣老五十韻》：「古人稱逝矣，吾道
卜終焉。」卷七《發秦州》：「大哉乾坤內，吾道長悠悠。」又，《積
草嶺》：「旅泊吾道窮，衰年歲時倦。」卷九《屏跡三首》之二：「用
拙存吾道，幽居近物情。」卷十《征夫》：「官軍未通蜀，吾道竟如何。」
又，《舍弟占歸草堂檢校聊示此詩》：「久客應吾道，相隨獨爾來。」
卷十四《奉漢中王手札》：「不但世人惜，只應吾道窮。」卷十八《江
漲》：「輕帆好去便，吾道付滄洲。」卷二十《清明》：「逢迎少壯非吾

世紀中期的抒情詩》（李雙志譯），南京：譯林出版社，2010：31。
〔註35〕老杜自言：「爲人性僻耽佳句」（卷八《江上值水如海勢，聊短述》），
「新詩改罷自長吟」（卷十七《解悶十二首》之七），「何時一樽酒，
重與細論文」（卷三《春日憶李白》），「論文或不愧，重肯款柴扉」（卷
八《范二員外邈吳十侍御郁特枉駕，闕展待，聊寄此作》）。
〔註36〕許維遹校釋《韓詩外傳集釋》，北京：中華書局，2009：324。《論衡·
骨象篇》：「孔子適鄭，與弟子相失。孔子立鄭東門」，鄭人說孔子
「儡儡若喪家之狗」，「孔子欣然笑，曰：『如喪家狗，然哉，然哉！』」

道，況乃今朝是祓除。」〔註37〕有人指出，《北征》：「桓桓陳將軍，
仗鉞奮忠烈；微爾人盡非，於今國猶活。」（《杜詩鏡銓》卷四）「模
仿《論語》中孔子表彰管仲的口氣」。〔註38〕這種擬孔子式話語，在
杜詩中很多，前引詩句，已有所涉及，這裡再補充一些例子：卷十二
《同元使君舂陵行》：「結也，實國楨。」孔子在《論語》中品藻諸弟
子的典型句式，如《雍也》：「雍也，可使南面；」「由也，果；」「賜
也，達；」「求也，藝。」卷九《謁文公上方》：「甫也，南北人。」
卷十五《醉爲馬墜，群公攜酒相看》：「甫也，諸侯老賓客。」顯仿孔
子「丘也，東西南北之人」（《孔子家語》卷十）。卷十三《殿中楊監
見示張旭草書圖》：「斯人已云亡，草聖秘難得。」與孔子慨歎司馬牛
的「斯人也，而有斯疾」（《論語·雍也》），猶銅山西崩之於洛鐘東應。
卷十五《哭王彭州掄》：「執友嗟淪沒，斯人已寂寥。」卷十九《哭李
常侍嶧二首》之一：「斯人不重見，將老失知音。」

　　「道」，本是天下之公器。《老子》五千言，道字就出現了 69 次！
〔註39〕所謂道可道，非常道；各道其所道而已。「道本無吾，而人自
吾之，以謂庶幾別於非道之道也。」於是，「儒家者流尊堯舜周孔之
道，以爲吾道矣。」（《文史通義·原道》下）〔註40〕孔子對弟子言「吾

〔註37〕錢鍾書曾引杜甫《贈蘇四傒》：「乾坤雖寬大，所適裝囊空，……況
　　　　乃主客間，古來偪側同。」又《逃難》：「乾坤萬里內，莫見容身畔。」
　　　　作爲「天地雖大不能容己」的例證。（錢鍾書著《管錐編》，北京：
　　　　生活·讀書·新知三聯書店，2007：236；238。）正是「吾道窮」
　　　　之感性表達。
〔註38〕莫礪鋒《杜甫詩歌講演錄》，桂林：廣西師範大學出版社，2007：273。
〔註39〕韋正通著《中國哲學辭典》，長春：吉林出版集團有限責任公司，
　　　　2009：571。
〔註40〕章學誠撰　呂思勉評《文史通義》，上海：上海古籍出版社，2008：
　　　　40。道，相當於我們所謂的眞理（truth），尼采說，人有追求眞理的
　　　　意願（will to truth；we must remain beings who live within the ambit of
　　　　the realm delineated by the will to truth.），又認爲，概念世界和現實世
　　　　界有一種對應關係。（there is a world in nature that corresponds to our
　　　　concepts rather than the particulars from which the concepts were
　　　　derived.）（Nietzsche:The Key Concepts,by Peter R. Sedgwick,published

道一以貫之」（《論語‧里仁》），厄於陳蔡而問弟子「吾道非乎？」（《孔子家語‧在厄》），東郊獲麟而歎「吾道窮矣！」（《孔叢子‧記問》第五）；孔子的吾道，和老杜的吾道，有一種鍾磬相應的關係——就此而言，老杜的詩句，好像孔子話語的揚聲器（loudspeaker）；好像夏天的雷聲碾過天空，轟轟隆隆地回響在遼闊的大地上，向遠處鋪展開，變得盛大而隆重。老杜的吾道，當然也有它超越層面的意義，「文章一小伎，於道未爲尊！」（卷十三《貽華陽李少府》）但和孔子超越層面的（transcendental）道，不免有些參差；不像在現世的層面上（worldly）由於共有的人生中長期的飄蕩與挫折，而油然興起的對道（way）之坎坷難行而生的慨歎與惘然那麼異口同聲，異時共感。要之，吾道標明老杜首先是現實中一個自我流放者形象，漂泊無定棲；而這與孔子旅人形象相合。再就形而上的層面說，老杜又有師法孔子、自覺認同、積極追隨的分子。

　　《杜詩鏡銓》卷一《臨邑舍弟書至，苦雨黃河泛溢堤防之患，簿領所憂，因寄此詩用寬其意》：「吾衰同泛梗，利涉想蟠桃。」卷三《得舍弟消息二首》之二：「汝懦歸無計，吾衰往無期。」卷五《閿鄉姜七少府設膾戲贈長歌》：「不恨我衰子貴時，悵望且爲今相憶。」卷七

---

by Routledge,2009:160：147.）陳寅恪説：「詩若不是有兩個意思，便不是好詩！」（轉引自鄧小軍著《詩史釋證》，北京：中華書局，2004：11。）其實古人已經提出。錢鍾書引李光地「句法以兩解爲更入三昧」（《榕村語錄》卷三十）、「詩以虛涵兩意見妙」（《柳南隨筆》卷五）；指出，「此乃修辭一法」。而且西方學者把詩的多義性看作「中國文學思想傳統的一個最顯著特徵」。比如，宇文所安在談到中國傳統詩歌時，説：「如果沒有超出文本表面的意味、滋味等，一個文學作品就是浮淺的。」（宇文所安著《中國文論：英譯與評論》，上海：上海社會科學院出版社，2003：151。）同時，錢鍾書在承認詩歌多義性的前提下，又強調：「詩必取足於己，空諸依傍而詞意相宣，庶幾斐然成章；苟參之作者自陳，考之他人載筆，尚確有本事而寓微旨，則匹似名錦添花，寶器盛食，彌增佳致而滋美味。」（錢鍾書著《管錐編》，北京：生活‧讀書‧新知三聯書店，2007：899～900；187。）

《發秦州》：「我衰更懶拙，生事不自謀。」又，《石櫃閣》：「吾衰未自由，謝爾性所適。」卷十二《別蔡十四著作》：「我衰不足道，但願子章陳。」卷十三《雷》：「吾衰尤計拙，失望築場圃。」卷十四《遣懷》：「吾衰將焉託，存歿再嗚呼。」卷十六《甘林》：「我衰易悲傷，屈指數賊圍。」卷十八《別李義》：「莫怪執杯遲，我衰涕唾繁。」都令人想到晚年的孔子。

　　胡曉明老師在《中國詩學之精神》中，把「家、國通一之志士情懷」追尋到先秦儒家思想，對此觀念的流衍予以梳理，認爲：

> 淵源於早期氏族社會的血緣至上原則與祖先神靈崇拜。經周人文精神洗禮之後，祖神祭祀的基礎遂轉化爲所謂「志意思慕之情」（《荀子‧禮論》），「報本反始」（《禮記‧郊特牲》），及「慎終追遠，民德歸厚矣」（《論語‧學而》）等人文精神極深厚的倫理觀念：而血緣至上原則，亦成爲儒家政治學、哲學、倫理學、文藝教育學諸方面思想之基石。……詩人之生命，與民族、國家之大生命；詩人之情感存在，與國家、社會之理性目的，緊緊相連。〔註41〕

　　進而認爲杜甫是屈原之後，另一「家國通一」精神的光輝典範。杜甫詩歌體現出一種「國身通一」的精神：「國身通一精神，乃貫徹杜甫生命全程和全部詩史。」「在詩史中，詩人呈現的是當下史現實，而且自己就是直接參與者，是詩史主體。」〔註42〕前人已經注意到杜甫詩中個體與國運的對應關係，但尚明而未融。唐汝詢在評《乾元中寓居同谷縣作歌七首》之七時說：「蓋不惟傷己之遲暮，抑因以見國運之日促！永無溪壑回春之時也。」（《唐詩解》卷十五）〔註43〕我們認爲，這種國身通一的具體表現，就是杜甫的身體的（corporal）疾

〔註41〕胡曉明著《中國詩學之精神》，南昌：江西人民出版社，2001：171～174。

〔註42〕鄧小軍《杜甫詩史精神》，《安徽教育學院學報》1992 年第 3 期：1～6。

〔註43〕唐汝詢撰《唐詩解》，石家莊：河北大學出版社，2010：319。

病與生理上的（physiological）衰落，和開元天寶的盛極中落、一蹶不振，由歌舞昇平到哀鴻遍野的社會現實，有一種微妙的對應（correspondance），並且相互影響！《杜詩鏡銓》卷八《百憂集行》：

> 憶年十五心尚孩，健如黃犢走復來。庭前八月梨棗熟，一日上樹能千回。即今倏忽已五十，坐臥只多少行立。強將笑語供主人，悲見生涯百憂集。

卷十四《壯遊詩》可作爲老杜的自傳讀：十四五歲，「出沒翰墨場」，又曾往遊吳越，「放蕩齊趙間，裘馬頗清狂」；「快意八九年，西歸到咸陽」。接下來，就是個人遭際的一連串厄運。上引「吾衰同泛梗」的句子，仇兆鰲和楊倫皆本朱鶴齡說將之定爲開元二十九年（741年）〔註44〕，但浦起龍不同意，認爲應該在天寶四年（745年）〔註45〕；另外，卷十二《客堂》，作於永泰年間（765～6年），其中云：「舊疾廿載來，衰年得無足？」上溯二十年，正好和「吾衰同泛梗」的話照應。所以，我們同意浦起龍的說法。雖然晚四年，但杜甫也就三十三、四歲，已經歎息吾衰了；可見，老杜身心開張的美好歲月，基本上是在壯遊時期，在長安之外。而其吾衰和國家政治開始走下坡路基本同時。開元二十八年（740年），張九齡死〔註46〕，這是一個預示著危機將來的標誌性事件。《宋詩紀事》卷二十八晁說之《明皇打球圖》：「九齡已老韓休死，明日應無諫疏來！」天寶三載，李白被「賜金放歸」，四載，「冊太眞爲貴妃」，「三姊皆賜第京師」，五載，李适之罷相，杜甫也在這一年來到長安。（《少陵先生年譜》）

可見杜甫的吾衰，雖本自孔子，又和孔子大不相同。孔子只是晚年因身體狀況下降，才感到吾衰；長期以來雖然四處碰壁，感到吾道難行，

〔註44〕《杜詩詳注》卷一和《杜詩鏡銓》卷一，都引朱鶴齡說，字句小異；曰：「開元二十九年七月，伊洛水溢，損居人廬舍，秋稼無遺。」

〔註45〕《讀杜心解》卷五之一云：「因公有《暫入臨邑》詩，作於天寶四年；蓋因得弟書而往省也。宜與此詩不甚相遠。」（浦起龍著《讀杜心解》，北京：中華書局，1978：682。）

〔註46〕《少陵先生年譜》，錢謙益箋注《錢注杜詩》，上海：上海古籍出版社，2009：722。

還保持著精神的樂觀與行動上的進取，用他自己的話說，一直還能「發憤忘食，樂以忘憂，不知老之將至云爾」(《論語·述而》)。但在孔子說，「甚矣吾衰也！久矣吾不復夢見周公」(《論語·述而》) 時，卻有一種對社會現狀的絕望，與對個體生命來日無多的清醒意識，混雜在一起——這時他的兒子伯鯉，得力弟子子路、愛徒顏回，都已先後離世。朱熹在《論語集注》中解釋說：「孔子盛時，志欲行周公之道，故夢寐之間，如或見之。至其老而不能行也，則無復是心，而亦無復是夢矣，故因此而自歎其衰之甚也。」〔註47〕可見，孔子與杜甫就此而言，又聖賢合契！

二、晚年的身份變化

杜詩雖號稱詩史，但並非字字不虛 (real)；杜甫在《自京赴奉先縣詠懷五百字》中說他回到家裏，發現「幼子餓已卒」，是「無食致夭折」(《杜詩鏡銓》卷三)。王闓運深表懷疑：「入身世自覺太小，強作迴護，仍扯入時事。硬派幼子是餓死，講大話人常有此苦！」〔註48〕(王闓運批本《唐詩選》卷一) 陳衍也曾指責老杜：「詩人往往好為已甚之言！」舉少陵「厚祿故人書斷絕，恒饑稚子色淒涼」，駁云：「幼子饑或不免，亦何至於恒？」〔註49〕——王闓運固然有些膠柱鼓瑟，因杜詩本質上是詩，做到真 (authentic)，也就可以了，要求它實 (real)，不免苛求！甚矣，「詩史」稱號，誤人不淺！《自京赴奉先縣詠懷五百字》還說到自己「竊比稷與契」的遠大政治抱負，決心「蓋棺事乃已，此志常覬豁」，「取笑同學翁，浩歌彌激烈」！但是，三年多之後，〔註50〕杜甫從華州司功的任上，棄官西走，放棄以前的誓言

〔註47〕程樹德《論語集釋》，北京：中華書局，2010：443。

〔註48〕王闓運選批《唐詩選》，上海：上海古籍出版社，1989：121。王闓運甚不喜老杜詩。《唐詩選》卷十二《又呈吳郎》，王闓運批語：「叫化腔，亦創格，不害為切至；然卑之甚！」(ibid:1179.)

〔註49〕陳衍《石遺室詩話》，張寅彭《民國詩話叢編》(第一冊)，上海：上海書店出版社，2002：361：卷八。

〔註50〕《自京赴奉先縣詠懷五百字》作於天寶十四載 (755 年) 十一月初 (《錢注杜詩》卷一)；乾元二年 (759 年) 七月杜甫「棄官西走」(錢謙益

與承諾；可以說是永遠地離開了朝廷。克爾凱郭爾指出，人的身份的認定，是依據他做的，而不是他說的。〔註51〕錢鍾書說：「身體爲『我』之質，形骸爲『性』之本，然而『我』不限於身體，『性』不盡爲形骸……凡可以成我相、起我執、生我障者，雖爲外物，不與生來，莫非『我』也、『性』也。（A man's self is the sum total of all that he can call his.）」〔註52〕可見人的身份，需要從其在現實中的行爲去界定，尤與其所接觸的社會環境大有關係。杜甫自不能外！

　　聞一多在《少陵先生年譜會箋》中說：廣德二年（764 年），「朝廷召（杜甫）補京兆功曹參軍」，「不赴召」。不久，嚴武再鎮蜀，老杜本欲沿江東下，聞訊，即歸成都；六月，嚴武表（杜甫）爲「節度參謀，檢校工部員外郎，賜緋魚袋」。〔註53〕《杜詩鏡銓》卷十二《客堂》：「上公有記者，累奏資薄祿。」說，接受嚴武所表官職，只是爲領取些俸祿罷了。卷十一《遣悶呈嚴公二十韻》：「胡爲來幕下，只合在舟中。曉入朱扉啓，昏歸畫角終。不成尋別業，未敢息微躬。」他對幕府生活，感到非常不習慣！卷十七《秋野五首》之三：「禮樂攻吾短，山林引興長。」《舊唐書》卷一百九十下，說杜甫「傲誕」，「甫於成都浣花里種竹植樹，結廬枕江，縱酒嘯詠，與田夫野老相狎蕩，無拘檢；嚴武過之，有時不冠。」（《列傳·文苑》下）從詩中我們也能看出，他對禮儀規範不能完全遵從。此一「拒命」，表明杜甫從自我流放以來，對朝廷沒有恢復信心。同時，用行動對自己的政治宣言做出了修改──相應的，他早期認同的儒者身份固然不能說完全改

　　　《少陵先生年譜》）──兩者相距不到四年。
〔註51〕The Cambridge Companion to Heidegger,edited by Charles Guignon. Cambridge University Press,1993: Heidegger on the connection between nihilism,art,technology,and politics by Hubert L.Dreyfus:289:who I am depends on the stand I take on being a self.Moreover,how I interpret my self is not a question of what I think but of what I do.
〔註52〕錢鍾書著《管錐編》，北京：生活·讀書·新知三聯書店，2007：788。
〔註53〕《聞一多全集·唐詩編上》（第六冊），武漢：湖北人民出版社，2004：171～2。錢謙益《少陵先生年譜》將此事繫於廣德元年。

變，但已經增加了其他色彩。

這在杜甫成都草堂期間的詩歌裏，都有明顯的表現。《杜詩鏡銓》卷十《寄題江外草堂》：「誅茅初一畝，廣地方連延，經營上元始，斷手寶應年。」這是成都草堂建成後，老杜的紀實。〔註54〕卷八《建都十二韻》：「窮冬客劍外，隨事有田園。」又《村夜》：「胡羯何多難，漁樵寄此生。」卷七《爲農》：「卜宅從茲老，爲農去國賒。」前面已說過，杜甫剛到成都，辛苦創立草堂，已有安居下來的意思。這裡說他留心農事，不求仕宦，表現出對隱居的興趣與嚮往。而且，杜甫也確實親自參與一些農事，上引詩句，有些已涉及到。又如：卷七《有客》：「自鋤稀菜甲，小摘爲情親。」卷八《遣意二首》之一：「衰年催釀黍，細雨更移橙。」又《進艇》：「晝引老妻乘小艇，晴看稚子浴清江。」又《春水》：「接縷垂芳餌，連筒灌小園。」卷十二《除草》：「荷鋤先童稚，日入仍討求。」又《營屋》：「草茅雖薙葺，衰病方少寬。」幹些農活，經營田園，老杜顯得非常忙碌，生活充實，充滿情趣。

《杜詩鏡銓》卷九《嚴中丞枉駕見過》：「寂寞江天雲霧裏，何人道有少微星。」又《中丞嚴公雨中垂寄見憶一絕，奉答二絕》：「雨映行宮辱贈詩，元戎肯赴野人期。」又《謝嚴中丞送青城山道士乳酒一瓶》：「鳴鞭走送憐漁父，洗盞開嘗對馬軍。」又《嚴公仲夏枉駕草堂兼攜酒饌，得寒字》：「看弄漁舟移白日，老農何有罄交歡。」這幾首詩都是寫給他的老友嚴武的。「少微星」，「野人」，「漁父」，「老農」，都表示自己是自食其力的隱士，像《論語》中的長沮、桀溺——而這是孔子所不贊成的。杜甫不光對嚴武以隱士自居，對關係不太親密的，也是這樣。卷九《東津送韋諷攝閬州錄事》：「他時如按縣，不得慢陶潛！」卷十一《太子張舍人遺織成褥段》：「奈何田舍翁，受此厚

〔註54〕杜甫乾元二年（759 年）十二月到成都，故詩云「窮冬客劍外」；上元是肅宗年號，760～1 年，寶應是代宗年號，762 年四月，代宗即位，改元，年號寶應，763 年七月又改元爲廣德；則草堂經營成就用了兩三年時間。（錢謙益《少陵先生年譜》）

睨情。」又《贈王二十侍御契四十韻》：「冬月須知課，田家敢忘勤。」
「屢喜王侯宅，時邀江海人。」在這些官員面前，老杜都儼然以隱士、
田舍翁、江海浪士自居。

　　老杜晚年，幾乎以隱士自居，這種詩句很多：卷二十《奉贈蕭十二
使君》：「巢許山林志，夔龍廊廟珍。」又《贈韋七贊善》：「洞庭春色悲
公子，蝦菜忘歸范蠡船。」又《同豆盧峰貽主客李員外賢子棐知字韻》：
「唱和將雛曲，田翁號鹿皮。」又《小寒食舟中作》：「佳辰強飯食猶寒，
隱几蕭條戴鶡冠。」自比為巢父許由，泛舟五湖的范蠡，「賣藥齊市」
的鹿皮翁（《海錄碎事》卷八下），居於深山的鶡冠子（《藝文類聚》卷
六十七）。這和他不願受日常的世俗束縛，有點偏執的詩人性格具一定
關係。卷十四《壯遊》：「飲酣視八極，俗物多茫茫。」卷八《漫成二首》
之一：「眼邊無俗物，多病也身輕。」又《江上值水如海勢聊短述》：「為
人性僻耽佳句，語不驚人死不休！」這些都說明，老杜對自我的認識在
加深。他還自解自勸，認為性格殊難勉強：如卷十六《甘林》：「喧靜不
同科，出處各天機；勿矜朱門是，陋此白屋非。」卷十九《清明二首》
之一：「鍾鼎山林各天性，濁醪粗飯任吾年。」《韻語陽秋》卷十：引《進
艇》和《江村》詩中「老妻畫紙為棋局，稚子敲針作釣鉤」，指出：「其
優游愉悅之情見於嬉戲之間，則又異於在秦益時矣。」從上引詩句，也
能感覺到老杜在成都草堂期間，生活比較安定，不怎麼講他的政治抱
負，把孔子和儒家放在一邊，日子過得比較愜意，滋潤。有些詩，雖然
是描述他的農事活動，倒也可能有寄託。比如《杜詩鏡銓》卷八《惡樹》：
「獨繞虛齋裏，常持小斧柯。幽陰成頗雜，惡木翦還多。枸杞因吾有，
雞棲奈汝何。方知不材者，生長漫婆娑！」

　　老杜沒有實現他在蜀終其餘生的願望；嚴武死後，他沿江輾轉到
夔州，產業比在成都時為多：「遷居瀼西草屋，附宅有果園四十畝，
又有稻田若干頃，在江北之東屯。」〔註55〕手下有張望、伯夷、辛秀、

〔註55〕《聞一多全集·唐詩編上》（第六冊），武漢：湖北人民出版社，2004：
　　　　177～180。

信行、阿段、阿稽等工人〔註56〕，宗文、宗武都大了，也能幹活。郭沫若說老杜是地主，就其擁有不少地產來說，並不錯。〔註57〕但老杜這時候卻老病麇集：肺病，糖尿病，瘧疾，失眠，眼花耳聾，齒落髮稀。〔註58〕杜甫基本上不能躬親農畝，但還可以做有效的組織者，類似於漢武帝說汲黯的「臥而治之」（《漢書》卷一百二十）。如卷十六有《課伐木》、《秋行官張望督促東渚耗稻向畢，清晨遣女奴阿稽、豎子阿段往問》、《茅堂檢校收稻》等詩。

　　《秋興八首》是老杜晚年的重要詩作，莫礪鋒說，老杜這時候有濃厚的懷舊情緒：「回憶自己的生平，回憶當年的交遊，回憶從前的經歷，也回憶整個帝國走過的一段歷史，乃至整個民族的歷史。」〔註59〕《秋興八首》之三：「信宿漁人還泛泛，清秋燕子故飛飛。匡衡抗疏功名薄，劉向傳經心事違。」吳景旭《歷代詩話》卷四十：「漁人泛泛，燕子飛飛，皆江樓所見，託物以喻己也。」何焯《義門讀書記》卷五十五：「似漁人之萍梗，異燕子之知歸也。」漁人和燕子雖然是老杜即目，但也大有身世之感；這兩句是說現在的個人狀況，也就是《旅夜書懷》中所謂「飄飄何所似，天地一沙鷗！」（《杜詩鏡銓》卷十二）我們認為，後兩句則是回憶在長安任職時的經歷：匡衡抗疏，

〔註56〕劉鳳誥《杜工部詩話》卷一：「少陵家有隸役伯夷、辛秀、信行、行官張望、獠奴阿段、女奴阿稽諸人；自居夔後，屢見於詩。凡修筒引水，樹柵養雞，補稻種甘（橘），行菜伐木，摘蒼耳，鋤斫果林諸事，一一躬親驅督，而憐其觸熱未餐，鑒其瘴劇作苦，體恤周至，動見民吾同胞之隱。鍾伯敬謂其處家常瑣細，有滿腔化工，全副王政在。靖節云：『彼亦人子也。』真仁者有同心歟？」（張忠綱編注《杜甫詩話六種校注》，濟南：齊魯書社，2002：183。）又，《詩史‧詩聖‧人民詩人》，李汝倫著《杜詩論稿》，廣州：廣東人民出版社，1983：126。

〔註57〕《杜詩鏡銓》卷十三有《催宗文樹雞柵》詩。郭沫若著《李白與杜甫》，北京：人民文學出版社，1971：167～80：「杜甫的地主生活」。

〔註58〕郭沫若著《李白與杜甫》，北京：人民文學出版社，1971：176：《杜甫的病和死》，金啓華著《杜甫詩論集》，長春：吉林人民出版社，1979：176～8。

〔註59〕莫礪鋒《杜甫詩歌講演錄》，桂林：廣西師範大學出版社，2007：324。

是指疏救房琯，惹怒肅宗，險被治罪；劉向傳經，指自己本是信奉孔子和儒家，結果卻無法實現自己「竊比稷契」的抱負，只能棄官而走，連自己的儒者身份都不能「涅而不緇」，已經「磨而磷矣」！

我們這樣解釋，絕不是信口開河，而是有此一時期的詩歌，作堅強的支持：卷十九《遣悶》：「倚著如秦贅，過逢類楚狂。」又《舟月對驛近寺》：「皓首江湖客，鈎簾獨未眠。」又《秋日荊南述懷三十韻》：「自古江河客，冥心若死灰。」又《惜別行送向卿進奉端午御衣之上都》：「卿到朝廷說老翁，漂零已是滄浪客。」這些都和「信宿漁人還泛泛，清秋燕子故飛飛」是一個意思，只是更直白，詞義更加淒苦。而且老杜早年就有「乘桴浮海」的念頭：卷十四《壯遊》：「東下姑蘇臺，已具浮海航；到今有遺恨，不得窮扶桑。」有人認為這是受「道家神仙之說」影響的結果；〔註60〕另外，我們認為還有孔子所說的「道不行，乘桴浮於海」（《論語·公冶長》）的意思，尤其是在老杜晚年，熱情的浪漫綺思被歲月和憂苦打磨得失了棱角——實有宋末詩人飽經戰亂後「尋得桃源好避秦」的感慨與想望！卷十九《遣悶》：「餘力浮於海，端憂問彼蒼。」卷十八《江漲》：「輕帆好去便，吾道付滄洲。」後一個意思，孔子乘桴浮海的想頭，在老杜晚年突出，佔了上風。

早年推崇儒家賢臣稷契的理想，隨著他對孔子的幻滅感和對現實的絕望，在漂泊流浪的行程中，沒有了，不再提了，轉而推崇諸葛亮、管仲、蕭何。這個變化，在老杜詩中顯得非常清楚。卷十六《晚登瀼上堂》：「淒其望呂葛，不復夢周孔！」王嗣奭云：「呂葛周孔，皆濟世者，而周孔之濟世，似不如呂葛之速效。故望此而不夢彼。」（《杜臆》卷八）《杜詩鏡銓》卷二十《別張建封》：「君臣各有分，管葛本時須。」卷十《述古三首》之三：

漢光得天下，祚永固有開。豈惟高祖聖，功自蕭曹來。

經綸中興業，何代無長才。吾慕寇鄧勳，濟時信良哉。耿

〔註60〕《論杜甫的思想》，金啓華著《杜甫詩論集》，長春：吉林人民出版社，1979：20。

賈亦宗臣，羽翼共徘徊。休運終四百，圖畫在雲臺。

杜甫已經不再、也不敢想望儒家和孔子所推崇的堯舜禹時代的聖君賢相，只求君臣合契，──甚至非常羨慕孫權和呂蒙那種君臣關係，說「灑落君臣契，飛騰戰伐名」（卷十九《公安縣懷古》）──覺得達到漢高祖和光武帝時的那種「小康」就很不錯了；然而這種小康竟然也成為遙不可及的「在水一方」！尤其是諸葛亮，在老杜後期詩歌中所受到的推崇，超過了他曾景慕詠歎過的任何賢臣。這幾乎是共識，不須贅詞。但這裡有一個長期的普遍的誤解，就是認為諸葛亮是儒家身份。〔註61〕主要原因是他「忠君」，一般認為「忠君」的都是儒家！這兩點不合歷史真實。〔註62〕由忠君來推斷諸葛亮是儒家，在學理上是沒有根據的。我們看陳壽《三國志》卷三十五：諸葛亮隱居南陽時，自比為「管仲樂毅」，司馬德操向劉備推薦諸葛亮時說：「儒生俗士，豈識時務！識時務者，在乎俊桀。」李光地言：「孔明所謂『論安言計，動引聖人者，卻都無用處！』」（《榕村續語錄》卷八）可見諸葛亮自己認同的是法家的管仲和縱橫家所稱揚的能濟時難的樂毅；比較瞭解他的人也認為他並非儒生！最後，陳壽評曰：「（諸葛亮）識治之良才，管蕭之亞匹矣。」（《蜀書》卷五）把諸葛亮和管仲、蕭何看作同類，他肯定不是儒家了，至少不是那麼純粹。《古董瑣記》卷一「孔文舉亂郡」條，鄧之誠言「武侯（諸葛亮）法家」。〔註63〕

〔註61〕莫礪鋒《杜甫詩歌講演錄》，桂林：廣西師範大學出版社，2007：355：「杜甫最喜歡說諸葛亮這些人，都是儒家。」

〔註62〕原始儒家，包括孔孟，對君主並不像後人認為的那麼無原則地尊崇，惟命是從。我們只看法家的韓非子指責孔子推重堯舜湯武：「孔子本未知孝悌忠順之道也……有賢臣而不為君，則君之處位也危。……君有賢臣適足以為害耳，豈得利哉！焉所謂忠臣不危其君？！今舜以賢取君之國，而湯武以義放弒其君，此皆以賢而危主者也。」（王先慎撰《韓非子集解》，北京：中華書局，2009：466。我們斷句略有不同。）孟子更是倡言「聞誅一夫紂矣，未聞弒君也！」（《孟子‧梁惠王》下）「君之視臣如土芥，則臣視君如寇讎。」（《孟子‧離婁》下）

〔註63〕《古董瑣記》，鄧之誠《古董瑣記全編》，北京：中華書局，2008：20。

諸葛亮在後世爲何變成儒家，儒家孔子爲何變得頑固地忠君，甚至老杜也被眾人異口同聲地認爲「一飯未嘗忘君」〔註64〕，這些我們無法在此詳論。

　　老杜的政治理想，在後期發生了很多變化，與前期不一樣；實際身份已不是早年的明確儒家姿態，變得模糊而混雜。但他並非完全把孔子和儒家給拋開了。有時自說是腐儒、老儒，覺得自己老了，認識到自己缺乏政治才能，要建功立業，救世濟民，非能力所及。如卷十九《江漢》：「江漢夜歸客，乾坤一腐儒。」又《舟出江陵南浦奉寄鄭少尹》：「社稷纏妖氣，干戈送老儒。」卷十八《可歎》：「吾輩碌碌飽飯行，風后力牧長回首。」卷二十《暮秋枉裴道州手扎，率爾遣興寄遞呈蘇渙侍御》：「此生已愧須人扶，致君堯舜付公等，早據要路思捐軀。」金啓華在《論杜甫的思想》中說：安史之亂前，杜甫的儒家思想發展到高峰；棄官和入蜀以後，佛道思想在早年就有的基礎上又有新的發展；「佛教思想在他流寓梓、閬時有顯著的表現；道家思想則在夔州期間達到高峰；暮年漂泊荊湘，儒釋道思想都有所表現，而以道家思想結束。」〔註65〕查屏球發揮呂澂的觀點，認爲「杜甫對淨土宗教義諳熟於心」。〔註66〕基本上都符合歷史眞實。老杜雖然對孔子感到幻滅，但對孔子那種「席不暇暖」（班固《答賓戲》）義無反顧地「行其義也」（《論語·微子》）的悲壯和知其不可而爲之的堅強的清

〔註64〕《鶴林玉露》卷六引蘇東坡云云：「古今詩人多矣，而惟稱杜子美爲首。豈非以其飢寒流落，而一飯未嘗忘君也歟。」此話甚爲粗鄙，是否東坡所云，亦難斷定；而且語帶商略，未敢遽以爲是。後世爲維護君主極權，對此大加發揮。比如乾隆皇帝在《唐宋詩醇》卷九杜甫詩前小序中云：「一飯未嘗忘君，發於情，止於忠孝，詩家者流斷以是爲稱首。」可謂用心良苦，意圖昭彰。沈德潛在《唐詩別裁集》中也一再強調老杜「忠愛之意，惓惓不忘。」（卷二）沈是乾隆的捉刀詩人，大有鄉愿氣息；君臣反覆強調老杜忠君，令後人興歎。

〔註65〕金啓華著《杜甫詩論集》，長春：吉林人民出版社，1979：29。

〔註66〕查屏球著《從遊士到儒士──漢唐士風與文風論稿》，北京：中華書局，2005：452。

醒，既愧且佩。所以在《通泉驛南去通泉縣十五里山水作》云：「傷時愧孔父，去國同王粲。我生苦飄零，所歷有嗟歎。」（《杜詩鏡銓》卷九）——至少有時候內心還會被這種塵世以爲迂腐的高遠理想所照亮，暫時廓散無孔不入的毒瘴。也就是，幻滅之後，杜甫還願意認同著孔子的濟民救世的理想，雖然他知道這個理想是不可能實現的。最足以表明這種堅守的是杜甫在大曆三年（768年）對其愛子宗武表達出的熱切期望：

> 覓句新知律，攤書解滿床。試吟青玉案，莫羨紫羅囊。暇日從時飲，明年共我長。應須飽經術，已似愛文章。十五男兒志，三千弟子行。曾參與游夏，達者得升堂。（《杜詩鏡銓》卷十八《又示宗武》）

從詩歌中可以看出，杜甫早年對孔子和儒家思想懷有堅定的信仰，渴望得君行道的機會，也積極地去尋求它。嚴酷的現實，使其理想最終破滅，不但被迫放棄儒家的經世主張，而且對一直自覺師法、努力追隨的孔子感到徹底幻滅。「孔丘盜跖俱塵埃！」表明這種幻滅和莊子宣揚的齊物論的相對主義在世界觀上有類似的表現。但使杜甫得出這樣結論的不是莊子式的哲人思辨，而是用他的血肉之軀在和現實的碰撞擠壓頭破血流中得出的感性的頓悟。所以，它在杜甫身上產生的影響，強大，深刻，徹底。於是，身份危機相應出現——這關係到個體生命是否還有價值存在下去，生存是否還有意義。爲擺脫這一危機，杜甫採取的策略：先是用傳統的沉醉麴櫱來麻醉自己；後來採用不斷地流放自己，就這樣「邊走邊唱」，一直到生命的終結。杜甫雖對孔子感到幻滅，但並不表明他與孔子此後劃清了界限。孔子和儒家（教）對他的影響實在浹肌淪髓。通過對他詩歌的梳理，比如「吾衰」、「吾道」等蹤跡指示出，杜甫仍然不自覺地師法孔子。就是他自我流放的策略，似乎也步孔子周遊列國的後塵！可以說，孔子成爲杜甫生命的有機組成，根本無法擺脫！

最後，有一點需要解釋，就是杜甫對孔子的幻滅感和他詩中所表

徵出的對孔子的認同，這兩者是否矛盾？要知道對孔子的幻滅感，是憤激之談，在一個短暫的時期內爆發的，隨之而來的是思想的塵埃逐漸落定的過程。幻滅之後對孔子的思考與表徵，是在一個否定之否定層面上，不再有此前的感性的幻想，而是帶著現實的悲涼和無奈。杜甫所以在幻滅感後又回到對孔子的認同，本質原因在於杜甫當時所能接觸到的文化資源，大致就儒釋道，比較而言孔子之道在人與社會關係的處理上，算是其中最理性、最有效的。在沒有更有效的外來文化資源注入的情況下，老杜除了對孔子認同，別無他法！

小結

　　本章屬於個案研究。我們考察了杜甫在詩歌中表現出的對孔子的態度變化，及其相應的策略。為透視詩人的心靈，其中借鑒了一些心理分析上的理論。杜甫對孔子的幻滅感是詩人一生的關鍵性事件，是他生命中的分水嶺。這種幻滅感可以說完全是由開元天寶那種病態的社會現實造成的，在這樣的君主專制體制下，姦臣當道，酷吏橫行，抱著孔子式的濟民救世理想的人，必然是四處碰壁，一無所成。有這種精英意識的當然不止杜甫一人，只是作為一個詩人，一個大詩人，杜甫的感性觸角比別人更尖、更新、更敏銳，將之形諸詩歌，使我們能夠有比較周詳的考察。在自我流放中，杜甫以隱士自居，說明在現實層面上，他自覺地放棄孔子和儒家思想，轉而投入道家的懷抱。但通過詩歌裏留下的蹤跡，我們看到杜甫在潛意識內仍然和孔子與儒家藕斷絲連，孔子和儒家對他的影響、在他身上發生的作用，始終揮不去！另外，他雖然自己不再以淑世為奮鬥目標，但他在和一些年輕有為的官員、讀書人交往時，總是鼓勵、督促別人以「致君堯舜」為職志；並且，自稱「老儒」。這些都可看作，杜甫對孔子的幻滅感在他的自我流放過程中發生了一些改變。或者說，對孔子的信仰、看法在杜甫身上有所回潮，有所蘇醒。就是說，在晚年的杜甫身上，存在著深刻的矛盾性。

第五章　孔子的遺澤

第一節　孔子的遺物

一、唐宋詩不諱丘

　　名諱是中國文化中特有的現象。王觀國《學林》卷三《名諱》:「夏商無所諱,諱自周始,然而不酷諱也……夏商之時質,質則事簡,故無所諱。周之時文,文則事備,故有諱而不酷諱也。秦漢以來,文乎文者也;文乎文則多事,多事則疑,疑則爲之防也密矣。此其所以酷諱之也。」〔註1〕從列舉的實例來看,多是臣下避君主之諱,或子孫避父祖之名。於孔子之諱,無隻字講求。《太平廣記》卷一七九引《乾𦠆子》言:閻濟美云:《蠟日祈天宗賦》用「魯丘」對「衛賜」——即孔丘與子貢。「賜」字誤作「䐁」字,後見考卷,考官在「䐁」上加朱點極大,對「魯丘」卻無異議。而此次的考官就是詩人張謂。〔註2〕即此可見孔子之名,唐人不諱。我們前面考察東家丘典故時,引唐詩5處,孔子名丘就出現4次。袁嘉穀《臥雪詩話》卷六:「孔子之

〔註1〕王觀國《學林》,北京:中華書局,2006:77～80。
〔註2〕《唐人軼事彙編》卷十九亦引此事。(周勳初主編《唐人軼事彙編》,上海:上海古籍出版社,2006:1062。)

—263—

名……塾師皆教以讀作某，蓋士人幾不知丘之本音也。少陵詩云：『孔丘盜跖俱塵埃』；李太白詩：『我本楚狂人，狂（按：當作鳳）歌笑孔丘』；韓文公詩云：『柄任儒術崇丘軻』。三公乃三唐三峰，直用孔子之名。陶公則不然，其詩云：『先師遺訓，余豈云墜？』又云：『孔耽道德，樊須是鄙』。夫後之學孔子，固不必以避諱為敬；況詩有聲韻，尤不必拘。但古人習尚，各有不同……覺陶公氣度尤淳耳！」〔註3〕

《九九消夏錄》卷十：引白居易《贈杓直》：「早年以身代，直赴逍遙篇。近歲將心地，迴向南宗禪。外順世間法，內脫區中緣。」指出「此六句詩，只在一行之內，上云『身代』，即『身世』也。以避諱。乃下云『世間法』，又不避，何邪？——可知唐人避諱，於私家撰述，亦不甚拘。此等處，直是隨其筆之所便耳。」〔註4〕對太宗李世民尚且如此；無怪乎孔子的名字，唐人了無避諱的意識！

據《四庫全書總目》卷一百十八，宋代王觀國是「南渡以後人也」，其時，孔子之諱剛剛被注意到了。陳垣《史諱舉例》引《宋史》卷八十五《地理志》：「大觀四年（1110年），以瑕丘縣為瑕縣，以龔丘縣為龔縣。」〔註5〕第二年，即政和元年（1111年），「六月二十七日太常寺奉詔：『孔子高弟子所封侯爵與宣聖名同，失弟子尊師之禮。今乞以瑕邱侯曾參改封為武城侯，宛邱侯顓孫師為潁川侯，龔邱侯南宮縚為汶陽侯，楚邱侯司馬耕為雒陽侯，頓邱侯琴張為陽平侯，瑕邱伯左邱明為中都伯，龔邱伯穀梁赤為雒陵伯，楚邱伯戴聖為考城伯。』從之。」（《文獻通考》卷四十四）孔子的從祀人員，封號中有「邱」字〔註6〕，共出現八次。可見前代未嘗講究孔子名諱。宋徽宗雖然對

〔註3〕袁嘉穀《臥雪詩話》，張寅彭《民國詩話叢編》（第二冊），上海：上海書店出版社，2002：412。

〔註4〕俞樾《九九消夏錄》，北京：中華書局，2006：109。

〔註5〕這是《地理志》中的子注文字。〔脫脫等《宋史》，《二十四史》（第14冊），北京：中華書局，1997：569。〕

〔註6〕按此處「邱」本當為「丘」。《茶香室叢鈔》卷三：「雍正三年上諭：『嗣後除四書五經外，凡遇此字（按：指孔子名之「丘」字），並加「阝」，

地名中的「丘」字予以改換，但對避孔子諱尚未明確作出規定。所以，王觀國對此未置一詞。

靖康之變以後，孔子的老家也進入金的版域。陳亮、劉過這些流轉到江南的宋代詞人，以大宋正統自居，說什麼「萬里腥羶如許」（陳亮《水調歌頭·送章德茂大卿使虜》），「依舊塵沙萬里，河洛染腥羶。」（劉過《八聲甘州·送湖北招撫吳獵》）但金人不這麼認為——既然佔有中原，也就繼承了正統；南宋小朝廷麼，餘分潤位；何足道哉！而且也正是金首先下詔要求避孔子諱：《金史·章宗本紀》：明昌三年（1192年），詔「周公孔子之名亦令迴避。」（卷九）泰和五年（1205年），又「諭有司：進士名有犯孔子諱者，避之，仍著為令。」（卷十二）但南宋的君臣在這個問題上，毫無動靜，和金相比，瞠乎其後！

我們前面考察東家丘典故時，引宋詩100處，丘字出現41次。說明徽宗時雖提出孔子諱的問題，但避諱還沒有貫徹到有相當獨立性的詩歌領域。（參見本文「唐詩表徵孔子與易」小節）再如：《全宋詩》卷一九七二胡宏《題友人養素軒》：「少時情意在滄洲，壯歲還知學孔丘。」又，《紫蓋峰前作小圃，日親圃事，情見乎辭，呈伯氏兼簡彥達先生》：「甘為稼圃南山下，長謝周公愧孔丘。」卷二〇三八王十朋《離沙市，天色變，舟人懼風作，少憩公安而行，默禱有應》：「爾禱於公安，吾禱學孔丘。」卷二四二四陳造《散花洲晚泊》：「奔車非伯夷，覆舟無孔丘。」卷二四七五薛季宣《菊多榮》：「孔丘無位皆汲汲，到頭畢竟嗟無成。」卷三〇四七劉克莊《雜詠一百首》之《漆室女》：「舉國聽桓子，呼天詠孔丘。」像胡宏這樣的理學家，被牟宗三稱作是「繼承周（敦頤）、張（載）、明道（程頤），開湖湘之學，宋學的正宗」，〔註7〕尚且直語無諱；南宋中後期，理學興盛，陸游、劉克莊

為「邱」，地名亦不改易，但加「阝」旁。』」（俞樾《茶香室叢鈔》，北京：中華書局，2006：552。）所以，此後古籍再出版時，文中「丘」字皆加「阝」——《文獻通考》自不例外！

〔註7〕牟宗三《宋明理學演講錄》，《宋明儒學的問題與發展》，上海：華東師範大學出版社，2004：117。陳來在《宋明理學》第三章「南宋理

等大詩人，都好在詩裏談論孔孟心性之學；他們對孔子也毫不避諱。
宋詩和唐詩一樣，對孔子並不避諱。

　　蘇軾因為道教影響〔註8〕，多少接受道教對孔子的誤讀。在詩歌
中對孔子的貶抑，蘇軾顯出一種調侃與聰明的頑皮，並非處心積慮，
而是隨機而發。其表現之一端，就是直稱孔丘！《蘇軾詩集合注》卷
四十一《夜夢》：「自視汝與丘孰賢：易韋三絕丘猶然，如我當以犀革
編！」前一句，馮應榴云：「舊注『孰賢』引《孟子》。」〔註9〕蓋指
《孟子・公孫丑》上：「或問乎曾西曰：『吾子與子路孰賢？』」然於
蘇詩不甚切當。我們認為實用李白《書懷贈南陵章贊府》：「君看我才
能，何似魯仲尼？」接下來兩句就說孔丘讀易，韋編三絕──牛皮繩
子斷了三次；而我讀易，牛皮繩子恐怕也要斷，得用犀牛皮裝訂！雖
意在嘲詼，那種對孔子的輕薄作風，溢於言表。所以蔡絛批評：「東
坡詩，頗恨方朔極諫，時雜滑稽。」（《隱居通議》卷六）〔註10〕卷三
十《木山》：「魯人不厭東家丘。」卷三十四《次韻趙景貺督兩歐陽詩
破陳酒戒》：「千鍾斯為堯，百榼斯為丘。」卷七《戲子由》：「宛丘先
生長如丘。」卷十五《代書答梁先》：「魯人豈獨不知丘，躪藉夫子無
罪尤。」卷三十五《送晁美叔發運右司年兄赴闕》：「翁如退之蹈軻丘。」
共有七處，直稱孔子名「丘」。這在唐宋詩人中也是比較突出的。當
然不能因此指摘蘇軾，但能夠藉以看出詩人的個性和對孔子的態度。

學的發展」中共設五節，第二節講胡宏，其他設專節的四人是楊時、
朱熹、陸九淵、楊簡，說明對胡宏也非常重視（可惜在行文中前面說
胡宏是「湖湘學派」，後來又說是「湖南學派」──未免有點草率！）
〔陳來《宋明理學》（第二版），上海：華東師範大學出版社，2008：
113～24。〕

〔註8〕余英時說：「蘇軾的超脫精神頗得力於平生與道士、禪師相過從。」
　　　　（余英時《朱熹的歷史世界》，北京：生活・讀書・新知三聯書店，
　　　　2011：583。）也表明蘇軾與老釋有著千絲萬縷的聯繫，人所共知。

〔註9〕馮應榴《蘇軾詩集合注》，上海：上海古籍出版社，2001：2115。

〔註10〕劉壎《隱居通議》，《困學齋雜錄》（外十四種）（四庫筆記小說叢書），
　　　　上海：上海古籍出版社，1993：62。

錢鍾書笑話蘇轍：「每每學他哥哥的詩（甚至哥哥用錯的故典，兄弟會照舊錯）」。〔註11〕但在詩中直稱「孔丘」這一粗糙作風上，蘇轍並不學他哥哥，而是都小心地避開了，禮貌地稱孔子是「孔公」。

　　《全宋詩》卷八五五蘇轍《孔君亮郎中新葺闕里西園棄官而歸》：「他日東遊訪遺烈，因公導我謁先師。」卷八五六《次韻劉涇見寄》：「孔公孟子巧言語，剖瓢插竹吹笙簧。」卷八六四《送文太師致仕還洛三首》之二：「孔公靈壽固應在，秋晚香山訪佛祠。」卷八六六《次韻子瞻和陶公止酒》：「飄然從孔公，乘桴南海涘。」卷八六七《三不歸行》：「孔公晚歲將入楚，盤桓陳蔡行且住……孔公愈老愈屯邅，顧我未及門下賢。」《癸未生日》：「老聃西入胡，孔子東歸魯。」卷八七二《雙柳》：「見歡夫子，聊同淵明。」又，《欒城集》第三集卷五《卜居賦》：「我師孔公，師其致一；亦入瞿曇老聃之室，此心皎然，與物皆寂。」上引蘇轍詩（賦）共八處，稱孔子爲「孔公」有六處，又稱「先師」、「夫子」各一處；在稱呼上，對孔子可謂極盡禮貌。尤其是在孔子與老子對舉的兩個地方，直稱老聃，不稱孔丘，而稱孔子或孔公。《載酒園詩話·宋》：「欒城身份氣概，總不如兄，然瀟灑俊逸，於雄姿英發中，兼有醇醪飲人之致，雖遠於唐音，實宋詩之可喜者也。」〔註12〕「醇醪」之說，正緣其宅心寬厚，在這一點上，蘇轍與陶潛更接近些。

　　另外，歷史上還有不少以丘或仲尼作名字的人。《茶香室四鈔》卷六引周嬰《卮林》：「《西秦錄》，乞伏熾盤將有征西將軍孔子。《後魏書》，天平元年，蕭衍將軍紀耕入寇磚壚，都督曹仲尼，破走之。——此夷狄侮聖之甚者也。《宋書》，世祖以沈伯玉容貌似圖畫仲尼像，常呼爲孔丘。《唐書》，王起字舉之，文宗引入翰林，講論經史，詔畫像便殿，號當世仲尼。——此中國君臣侮聖之尤者也。然《唐書·

〔註11〕錢鍾書《宋詩選注》，北京：人民文學出版社，1988：75。
〔註12〕賀裳《載酒園詩話》，郭紹虞《清詩話續編》，上海：上海古籍出版社，1999：429。

表》，漢有薛方丘，字夫子，則誇誕之風已始於此。」〔註13〕其實五代時，還有人以「丘」自名。如南唐的宋齊丘，字超回。《唐人軼事彙編》卷三十五引《玉壺清話》：「汪臺符貽書（宋齊丘）：『聞足下齊大聖以爲名，超亞聖以爲字！』」又，引《江南野史》云：宋齊丘因此惱羞成怒，「潛沉（汪臺符）深淵！」〔註14〕唐代詩人有王丘，字仲山（《全唐詩》卷一一一），又有蔡隱丘（《全唐詩》卷一一四）。宋代詩人沒有名「丘」的；則宋齊丘是最後一位名「丘」的詩人（《全唐詩》卷七三八）。《十駕齋養新錄》卷七引《至正直記》：「丘字，聖人諱也。子孫讀經史，凡云孔丘者，則讀作『某』，以朱筆圈之。凡有『丘』字讀若『區』。至如詩以爲韻者，皆讀作『休』，同義則如字。」〔註15〕據《四庫全書總目》卷一四三《至正直記》是元末曲阜孔齊所撰。可見，直到元末，人們才開始自覺地避孔子之諱。

總之，在唐宋，詩人並不諱丘字。唐人不但在詩裏稱「丘」，甚至以「丘」爲自己的名字。宋人雖逐漸地不再以「丘」作名字，但在詩中仍可隨意稱「丘」；也有詩人自覺避孔子諱的。宋徽宗最早提出孔子之諱當避，並採取了一些措施，但還只限於祭孔禮儀。最先避孔子諱的是聖人後裔。直到明清，諱丘才嚴格起來。整個進程，和專制集權的不斷加強相應。俞樾（1821～1907），帶著舊時讀書人常有的盲目自大，說：「夷狄侮聖，固不足責——其人猶禽獸耳。豈知此爲侮聖乎？且其侮聖，亦其尊聖也。蓋猶知愛重孔子，故以自名也。……往年西洋有輪船，名孔夫子，謂藉此三字，以壓風濤，亦其侮聖而實尊聖之一端。——他日聖教洋溢於西夷，必自此始！」（《茶香室四鈔》卷六）在辛亥革命前四年去世的俞樾，他這個彌賽亞式的預言在辛亥革命後百年尚未實現！眞値得我們好好檢討自己的文化！

〔註13〕俞樾《茶香室叢鈔》，北京：中華書局，2006：1571～2。將軍孔子，見《資治通鑒》卷一一八。
〔註14〕《唐人軼事彙編》，上海：上海古籍出版社，2006：1504～5。
〔註15〕錢大昕《十駕齋養新錄》，上海：上海書店出版社，2011：143。

二、孔琴孔硯

　　《玉海》卷一百十《孔子琴》:「《史記・世家》:『後世因廟藏孔子衣冠琴車書。孔子學鼓琴師襄,襄曰師,蓋云文王操也,息乎陬鄉,作爲陬操。三百五篇孔子皆絃歌之,以求合韶武雅頌之音。』《莊子》:『孔子坐杏壇之上,絃歌鼓琴。』《韓詩外傳》:『孔子學鼓琴於師堂。』」可知琴是孔子遺物之一。《李太白全集》卷二十三《憶崔郎中宗之遊南陽,遺吾孔子琴,撫之潸然感舊》,寫與崔宗之流連詩酒,宗之「一朝摧玉樹」,「留我孔子琴。」王琦注引《文獻通考》:「琴有一十八樣,究之雅度,不過伏羲、大舜、夫子、靈開、雲(《文獻通考》卷一三七作「靈」)和五等而已。夫子樣長三尺六寸四分。」〔註16〕則太白所謂的「孔子琴」,只是仿古而已。又有孔硯。高似孫《緯略》卷八:

　　　　唐王嵩崿《孔子石硯賦》曰:「旁積垂露,中含偃波。」
　　八字奇特,常人筆力,不可到。李賀《青花紫石硯歌》:「圓毫促點聲清新,孔硯寬頑何足云!」乃以爲寬頑何也?!
　　劉禹錫《硯詩》:「闕里廟中空舊物,開方竈下豈天然。」
　　亦不以爲然也。

　　王琦引《初學記》云:「伍緝之《從征記》曰:『孔子床前有石硯一枚,作甚古樸,蓋孔子平生時物。』」然後指責李賀:「因楊生一硯,而以孔硯爲不足云——太無忌憚!」(《李長吉歌詩王琦彙解》卷三)〔註17〕清代的王琦和宋代的高似孫笙磬相應,都對李賀等唐人表示不滿。因爲唐代詩人對「孔硯」缺乏那種面對聖人遺物時所應油然而生的敬意。但唐詩人並非全都如此。姚合《拾得古硯》:「昨朝得古硯,黃河灘之側。……宅亦作流水,斯硯未變易。波瀾所激觸,背面生罅隙。質狀樸且醜,今人作不得。捧持且驚歎,不敢施筆墨。或恐先聖人,

---

〔註16〕王琦《李太白全集》,北京:中華書局,1999:1082。
〔註17〕《三家評注李長吉歌詩》,上海:上海古籍出版社,2009:124。王琦另外還駁斥了姚經三以「孔硯」爲孔方平之歙硯的説法:「蓋爲長吉護短耳。殊不知歙硯後五代李後主時方見珍於世。」(ibid:124;257。)

嘗用修六籍。置之潔淨室，一日三磨拭。」(《全唐詩》卷五〇二) 姚合也認爲它「樸醜」，和李賀所謂的「寬頑」略同；但姚合因爲它或經孔子使用，留有聖人手澤，油然而生誠敬，什襲供奉，在情感上是熱愛的。《全宋詩》卷二五三梅堯臣《正月二十二日，江淮發運馬察院督河事於國門之外，予訪之。蔡君謨亦來，蔡爲眞草數幅，馬以所用歙硯贈予》：「江南硯工巧無比，深洞鐫斲黑蛟尾。……樣傳孔子留廟堂，用稱右軍書棐几。」卷三〇六六劉克莊《又盜棄端硯一首》：「□衣孔履世猶欽，此硯隨公歲月深……麟筆曾誅賊子心。」〔註18〕則宋人用硯有意仿古，作爲「孔樣」，眞所謂愛屋及烏，比姚合又進一步！

三、十字篆

《困學紀聞》卷八：「張燕公《謝碑額表》云：『『孔篆吳札之墳，秦存展季之壟。』言孔子篆者始見於此。」〔註19〕《春秋戰國異辭》卷三十五：「季札墓在江陰申浦。孔子題其碑，曰：『嗚呼，有吳延陵季子之墓。』」董逌《廣川書跋》卷三：「延陵墓字……世傳仲尼書，今入淳化官帖中。(按：見《宋拓淳化閣帖賈相刻本》卷五) 其字如書簡牘，不類豐碑石柱上所刻也。而書亦少異於籀文——疑當吳季子時，書文宜盡從籀學 (按：「學」疑爲「字」)，不得有所異同。又夫子未嘗至吳，其書是非不可考也。唐人於季子墓刻此十字。張從申書其後而籀字極大，不知一書而傳於世者大小不同，此竟誰當其傳哉！李陽冰書篆奄數百年，人常謂初學嶧山碑，後見仲尼書季札墓字，便變化開闔，如虎如龍，勁利豪爽，風行雨集。是陽冰所從得法，不可謂非古也。此當自有妙處，今人不到陽冰地，安能議其是非所極哉！」

〔註18〕上一首是《盜發蔡端明墓一首和竹溪韻》。(《全宋詩》第 58 冊，北京：北京大學出版社，1998：36579。) 蓋此硯是蔡端明——即蔡襄，就是上引梅堯臣詩裏說的蔡君謨，著有《文房四說》——遺物，既是陪葬物，想來亦是生前心愛者。

〔註19〕王應麟《困學紀聞》(全校本)，上海：上海古籍出版社，2009：1053。《四庫全書總目》卷一一九：「據張說《謝碑額表》知以季札墓碑爲孔子書始於唐人。」實即本此也。

《宋文鑒》卷一二五卷孫何《碑解》：「延陵墓表，俚俗目爲夫子十字碑者，其事皆不經，易（按：此字蓋衍）吾無取焉。」孫何生在北宋初期，力辯孔子爲季札題墓，其事不經。〔註20〕但這並不妨礙內府收存。而南宋董逌對此則不予置辯，以其來源甚古，影響甚大，從眾從俗，仍歸之孔子手書；不欲殺風景，敗人意。

　　宋代詩人基本上秉持董逌這一原則。《全宋詩》卷一一四九薛紹彭《秘閣觀書》：「孔廟破石人猶憐。……青綾高標卷二十，淳化刻在諸帖先：仲尼夏禹謝太傅，山濤漢章東晉宣。」孔廟破石，即指十字篆碑；正可證明上引董逌說季札墓刻的十個字已入內府。卷二四五梅堯臣《夫子篆》：「季札墓傍碑，古稱尼父篆。始沿春秋義，十字固莫淺。磨敲任牧童，侵剝因野蘚。嗟爾後之人，萬言書不顯。」卷六七四楊傑《延陵季子廟》：「當時若嗣諸侯統，後世誰傳十字碑。」卷三六四四戴表元《鄉先生舒文靖公墓》：「後有宣尼須痛惜，待將墓額寫嗚呼。」正指此事。卷三五五七周密《吳季子墓闕》：「百世人傳十字碑，春秋聖筆著褒辭。」卷三七〇二吳文忠《嵩山下至德祠》：「象賢再見延陵季，十字碑題至德侔。」據薛紹彭詩，十字篆刻石似已收入孔廟保藏；味梅堯臣詩，此原碑又似乎未得專門保護。同時詩人，而言事實如此相左，殊不可解。但有一點可以肯定：內府所存，只是拓本。

四、孔履

　　《茶香室續鈔》卷二十二引《萬曆野獲編》：「孔子履在晉武庫中，元康中已與斬蛇劍同焚矣。至宋靖康，金人擄去古物，又有女媧琴、孔子履，何耶？豈宣尼行縢尚留兩緉耶？又，唐宣宗令有司仿孔子履名『魯風鞋』，宰相以下俱倣之，號『遵王履』。則似孔子履未焚也。」

〔註20〕《訂訛類編・續補》卷下：「陶潛《季札贊》曰：『夫子庚止，爰詔作銘。』……此可證其爲古無疑。秦觀以孔子未嘗至延陵，疑其出於唐人，未考陶集乎？」（杭世駿《訂訛類編》，北京：中華書局，2006：344～5。）陶潛見過孔子書季札墓字，雖不能證其必出孔子手，但可見此十字非常古老；所以能在唐宋得到重視。

〔註21〕又，《茶香室三鈔》卷十六：引「國朝」章有謨《景船齋雜記》云：「《孔子遺履圖》一卷，宣和庫中物。題跋甚多；陳眉公亦寫二語云：『君子所履，小人所視。』」〔註22〕就是說，孔子履作爲聖人遺物，在晉代被作爲國寶珍藏，不幸火災，已飛灰煙滅。所以，梅堯臣《飲劉原甫家，原甫懷二古錢勸酒，其一齊之大刀長五寸半，其一王莽時金錯刀長二寸半》：「我料孔子履，久化武庫煙。」（《全宋詩》卷二五三）《續演繁露》卷四：「東坡跋歐公家書曰：『仲尼之存，人削其跡；夢奠之後，履藏千載。』」〔註23〕趙鼎臣《東坡兄弟應制舉日，各攜硯一，入對廷中，而黃門之硯爲其甥文驤所寶，好事者往往有詩文以請，余故亦同賦》：「眉山當日人何在，曲阜他年履尚存。」（《全宋詩》卷一三一三）〔註24〕

可見在唐代，還只是帝王，偶有興致，帶動朝廷官僚仿製孔子履，以爲時髦與娛樂；到宋代，就不一樣了：不光是製孔子履，而且也不僅限於統治階級上層，平民百姓也主動參與，更加普及；蹤跡著時人的趣味，也指示出孔子的尊崇程度。

〔註21〕俞樾《茶香室叢鈔》，北京：中華書局，2006：879。亦見沈德符《萬曆野獲編》卷二十七；沈德符所引唐宣宗事，亦見陶穀《清異錄》卷下。（陶穀《清異錄》，《四庫全書精品文存》（第 23 冊），北京：團結出版社，1997：501～2。）《茶香室叢鈔》卷二十引元楊瑀《山居新語》云「大都鐘樓街富民家藏宣聖履在焉。」（ibid:423.）
〔註22〕俞樾《茶香室叢鈔》，北京：中華書局，2006：1229。
〔註23〕程大昌《演繁露》，《四庫全書精品文存》（第 19 冊），北京：團結出版社，1997：479。
〔註24〕馮時行《學古堂爲毛應叔題》：「昔人性嗜古，服用皆古先。有虞作漆器，弊碗歷世傳。貲貲以得之，其費溢萬千。孔席伯夷杖，乾沒乃復然。家貧遂行乞，猶丐九府錢。」（《全宋詩》卷一九三九）它說的其實是在北宋就流傳開的笑話：「秦士有好古物者，價雖貴必購之。一日有人攜敗席，踵門而告曰：『昔魯哀公命席以問孔子，此孔子所坐之席也。』秦士大愜意，以爲古，遂以負郭之田易之。」後又得太王之杖、夏桀之椀，家產蕩盡，猶不捨此三件古物：「披哀公之席，持古公之杖，執桀所作之椀，行丐於市曰：『衣食父母，有太公九府錢，乞一文！』」（《事林廣記》，王利器等編《中國笑話大觀》，北京：北京出版社，2001：137～8。）

五、杏壇

《九九消夏錄》卷十：「唐時『杏壇』是道家故事：白香山《長慶集》有《春中與盧四周諒華陽觀同居》詩云：『杏壇住僻雖宜病，芸閣官微不救貧。』又有《尋王道士藥堂（因有題贈）》詩云：『行行覓路緣松嶠，步步尋花到杏壇。』是唐人於杏壇二字多用之道觀也。按『杏壇』二字，出《莊子·漁父篇》。所謂『孔子游乎緇帷之林，休坐於杏壇之上』，本屬寓言……唐以前無杏壇之名，然用之道觀，未詳其故，或別有出乎？」〔註25〕其實，陳代周弘讓有《春夜醮五嶽圖文詩》：「夜靜瓊筵謐，月出杏壇明。」（《陳詩》卷二）〔註26〕周弘讓本是道士，此詩言道士做法事。唐前詩歌中「杏壇」尚不多，一開始就和道教密不可分。而《全唐詩》中，除俞樾引自白居易的兩處詩外，還有不少用「杏壇」的地方：卷二三九錢起《幽居春暮書懷》：「更憐童子宜春服，花裏尋師指杏壇。」卷三三二羊士諤《州民有獻杏者，瑰麗溢目，因感花未幾，聊以成詠》：「南郭東風賞杏壇，幾株芳樹昨留歡。」卷四七五李德裕《思平泉樹石雜詠一十首》之《舴艋舟》：「時遊杏壇下，乍入湘川裏。」卷六四一曹唐《小遊仙詩九十八首》之四十七：「昨夜相邀宴杏壇，等閒乘醉走青鸞。」卷六八六吳融《赴職西川過便橋書懷寄同年》：「不是傷春愛回首，杏壇恩重馬遲遲。」卷七三七熊皎《懷三茅道友》：「杏壇仙侶應相笑，只為浮名未肯拋。」卷八〇九靈一《送王穎悟歸左綿》：「夢搖玉珮隨旄節，心到金華憶杏壇。」卷八七〇馮道幕客《題酒戶修孔廟狀》：「槐影參差覆杏壇，儒門子弟盡高官。」從這些詩句看，俞樾的論斷是正確的：唐代「杏壇」確實多與道家有關，或者有濃厚的隱逸情趣。吳融和馮道幕客的詩句，道教氣息淡薄，倒是接近宋人對「杏壇」的用法。

宋代杏壇則和孔子密不可分，和道家已分道揚鑣。《全宋詩》卷七六一郭祥正《酬穎叔見寄》：「不見杏壇講，猶為漁父誚。」卷二五

〔註25〕俞樾《九九消夏錄》，北京：中華書局，2006：107。
〔註26〕逯欽立編《先秦漢魏晉南北朝詩》，北京：中華書局，1998：2465。

－273－

八九楊簡《偶書》之三：「步步在杏壇，句句香芬馥。」又，《丁丑詠春偶成》之二：「杏壇無限難傳意，付與憑欄寓目人。」又，《偶成》之三：「誰信聲聲沂水詠，又知處處杏壇家。」卷二八二六度正《送後溪先生龍門賦別》：「曩時夫子投杏壇，刪詩定書傳淵騫。」卷三○九三徐鹿卿《侍林府判齋宿，舉似頃在海陽縣齋丁祭，詩依韻即席和呈》：「沾溉有原芹泮水，吹噓無際杏壇風。」卷三一一四徐經孫《和端茶訓子》之三：「從今喜入聖人手，孔杏壇中取瑟歌。」卷三四○三姚勉《謝久軒蔡先生惠墨九首》之四：「素王萬世功，杏壇誨三千。」卷三四八八方回《次韻汪以南閒居漫吟十首》之八：「如何杏壇上，鳴鼓攻門人。」卷三五二七何夢桂《邑庠杏壇初成，諸老倡和見寄，因次韻》：「雙杏壇前花自春，登壇宛見仲尼心。」卷三五七二易士達《琴》：「一自杏壇聲響絕，不知誰解繼遺音。」這裡，杏壇成為孔子訂定六經、傳道解惑、師弟酬酢、研習禮樂的場合，顯出人文與自然相和諧，理想而充滿詩意；和柏拉圖的學園（Academy of Athens）風格非常接近。

宋詩中，又有專門指曲阜杏壇的。《全宋詩》卷三三九二王奕《祖庭觀丁歌》：「飲餘獨立杏壇下，予懷縹緲欣慨並。」又，《八月望日，深衣抱高廟御琴，首歌南風，繼作憶顏，三氏諸孫環立以聽，為杏壇一時之盛，千古之下，令人憮然，作歌云》：「杏壇高兮幾尋，奠桂酒兮孤斟。」這是王奕前往曲阜朝聖時目擊所見。卷二○三七王十朋《二月朔日詣學講堂前杏花正開呈教授》：「孔壇昔栽杏，魯人呼東家。當時三千株，化工無等差。雩風長其實，教雨濯其葩。木與聖化俱，芬芳無邇遐。」卷三○六○劉克莊《竹溪直院盛稱起予草堂詩之善，暇日覽之多有可恨者。因效顰作十首，亦前人廣騷反騷之意，內二十九首用舊題，惟歲寒知松柏被褐懷珠玉三首，效山谷，餘十八首別命題，或追錄少作，並存於卷，以訓童蒙之意》之《杏壇》：「夫子昔居地，流傳後代看。竹藏壁中簡，杏落水邊壇。流藻尤蘩盛，依槐免折殘。一時雩舞樂，千古孔林寒。漁父繫舟聽，門人捨瑟歎。世多伐木者，

吾道欲行難。」就這樣，杏壇，從最初莊子筆下一個道家的寓言，發展成在唐詩裏有濃厚道教成分的典故，又變成宋代道學家或有道學傾向的詩人筆下最具儒家色彩的濫調，而且在現實世界裏、聖人故里曲阜獲得自己的位置：「乾興間（1022 年）……講堂舊基不欲毀拆，即以瓴甓爲壇，環植以杏。魯人因名曰杏壇。」〔註27〕而宋末王奕在上引詩裏所描繪的，也就是在他四五十年前建成的杏壇。這個眞實時空裏的杏壇，附近還有檜樹。《東家雜記》卷下：

> 先聖手植檜三株。兩株雙立御贊殿前，各高六丈餘，圍一丈四尺。其一在杏壇之東南，高五丈餘，圍一丈三尺。晉永嘉三年（按：309 年，正是五胡亂華時期）枯死，至隋義寧元年（按：617 年，隋煬帝被殺，天下大亂；正是魏徵《述懷》詩所謂「中原初逐鹿」時期）復生，唐乾封二年（按：667 年，武則天已經專權）又枯，至本朝康定年（按：1040～1 年，宋仁宗在位，和西夏戰爭不斷），一枝復生。
> 〔註28〕

檜樹與松柏有些類似，在唐詩中，它總是和隱逸、方外、僧寮、道觀聯繫在一起。如：《全唐詩》卷六一三皮日休《奉和魯望寒夜訪寂上人次韻》：「數葉貝書松火暗，一聲金磬檜煙深。」卷七四七李中《遊北山洞神宮》：「松檜穩棲三島鶴，樓臺閒鎖九霄雲。」卷八四六齊己《仙掌》：「鶴拋青漢來岩檜，僧隔黃河望頂煙。」檜樹和孔子沒有一點兒關係；但隨著時間推移，檜樹和孔子的關係逐漸生長起來。而宋詩中還有專詠孔子檜的。《全宋詩》卷六一〇劉攽《曲阜宣聖廟夫子手植檜二首》之一：「秀色拏空四十圍，問年今已倍千斯。移根信假杓關力，息蔭寧無暖席時。文字魯恭經改觀，履綦鍾意想攀枝。

〔註27〕孔傳《東家雜記》，《全宋筆記》（第三編十），鄭州：大象出版社，2008：230。又云：「先聖殿前有壇一所，即先聖教授堂之遺址也。」

〔註28〕《雞肋編》卷中：孔廟中有孔子手植檜三株，即引此。並言：「孔傳作東家雜記所記甚詳。」（莊綽《雞肋編》，《全宋筆記》第四編七，鄭州：大象出版社，2008：47。）說明宋人還比較重視此書。

季孫亦自譽佳樹，漫負甘棠蔽芾詩。」之二：「伐樹商丘去被圍，似於庭檜特勤斯。禹腰堯纇應遭魄，柏葉松身異曩時。恭梓二三千學士，愛棠四十六孫枝。」卷一三六八葛勝仲《廟宅》：「素王遺廟屋渠渠，老檜陰濃耀碧虛。無復升堂聞古樂，尚傳開甕得丹書。」都尚有節制，沒有什麼言過其實。又，卷四三一孔舜亮《手植檜》：「聖人嘉異種，移對誦弦堂。雙本無今古，千年任雪霜。右旋符地順，左紐象乾綱。影覆詩書府，根盤禮義鄉。盛同文不朽，高與道相當。洙泗滋榮茂，龜蒙借鬱蒼。氣爽群居席，煙凝數仞牆。陰連槐市綠，子落杏壇香。布露周千尺，騰淩上百常。……誰念眞儒跡，何當議寵章。」孔舜亮是孔子的四十六代孫，哲宗時人。他在詩裏說孔子的手植檜是兩棵，很茂盛，並沒有什麼死而復活！但到第四十七代孫，孔傳卻把董仲舒以來的幼稚、庸俗、陳舊的天人感應說應用於據說是孔子手植的檜樹，它的榮枯與時代的興衰治亂聯繫在一起——而孔傳當時內憂外患不斷，朝廷上下焦頭爛額，孔傳一切不顧，咬定檜樹枯枝復生。意思不外乎說：是「太平盛世」，或者是「堯舜之君」在位——孔子後人而如是，令人嗟歎！

不僅如此。《四庫全書總目》卷五十七引錢曾《讀書敏求記》云：「有宋槧本《東家雜記》。因假借繕寫。此書爲先聖四十七代孫孔傳所編，首列杏壇圖說，記夫子車從出國東門，因觀杏壇歷級而上，顧弟子曰：『茲魯將臧文仲誓將之壇也。』睹物思人，命琴而歌。其歌曰：『寒暑往來春復秋，夕陽西去水東流。將軍戰馬今何在？野草閒花滿地愁。』考諸家琴史俱失載。附錄於此，詳其語意未知果爲夫子之歌否也。云云」四庫館臣，接著說：「按此歌僞妄。不辨而明。曾乃語若存疑！」〔註29〕可能孔傳的後人，覺得過於荒誕，才將孔子吟

〔註29〕此宋版《東家雜記》，錢大昕亦曾見，云：「卷首杏壇圖說，與錢尊王所記正同。」（錢大昕《竹汀先生日記鈔》，瀋陽：遼寧教育出版社，1998：24。）亦見《十駕齋養新錄》卷十三（錢大昕《十駕齋養新錄》，上海：上海書店出版社，2011：258。）

詩這些內容刪去。就此，錢鍾書說，「孔子在春秋之世已預作七絕晚唐體，非僅『時聖』，直爲先覺！述祖德之家乘尙如此！」〔註30〕而且《全宋詩》卷三三九三王奕《和徐中丞容齋舊泰山一百四韻贊見》：「文理思楷林，手植槐檜柏。」據身臨其境的王奕說來，好像孔子不光手植二（三）棵檜，而且還有槐、柏。就是說，雖著時間的推移，孔子留下的遺物不是在減少，而是在不斷孳生，增加。卷二〇三四王十朋《巴東之西近江有夫子洞，亦曰聖洞，巫山縣有孔子泉，說者謂，旱而祈則應。泉旁之民雖童子皆能書。夫子胡爲洞於此，且有泉耶？詩以辨之》：「（夫子）歷聘嘗之荊，豈亦遊坤維。有洞巴峽間，人言幽更奇。雲深不可見，奧處那容窺。聖人肯巢仙，茲名良可疑。吾道其非耶，聊將友鹿麋。巫山亦有泉，可飲仍可祈。泉旁都幾家，聰慧多奇兒。父兄倘知教，聖門皆可歸。……流傳雖失眞，未敢以爲非。……茲俗聖夫子，吾何敢夷之。」〔註31〕又，卷二〇四〇《夫子泉》：「刺桐城中泮宮裏，大成殿下新泉水。不須更以品第論，混混源流自夫子。……聖毓尼丘家闕里，泉脈胡爲今在是？」卷二七四〇周南《孔

〔註30〕錢鍾書著《管錐編》，北京：中華書局，1991：664。「時聖」，蓋本於孟子所謂孔子是「聖之時者也」（《孟子·萬章下》）。用魯迅的話說，就是「摩登聖人」（《在現代中國的孔夫子》）。孔子在宋代能夠作近體詩，也不值得大驚小怪。他在宋的敵國金，更是換上了「夷狄」的「左衽」之服！顧炎武首先注意及此，在《日知錄》卷二十九「左衽」中引宋周必大《二老堂詩話》和岳珂《桯史》有關文獻。邢義田引《桯史》卷十四「開禧北伐」記他在開禧二年（1206年）北使至漣水（江蘇清江一帶），見「宣聖一殿，巋然瓦礫中……像設（按：指孔子和十哲）皆左衽！」（《古代中國及歐亞文獻、圖象與考古資料中的「胡人」外貌》，邢義田著《畫爲心聲：畫像石、畫像磚與壁畫》，北京：中華書局，2011：197～8。）《雞肋編》卷中：「曲阜先聖舊宅，自魯恭王之後，代有增葺。芣卓巢溫之徒，猶假崇儒，未嘗敢犯。至金寇，遂爲煙塵，指其像而詬曰：『爾是言夷狄之有君者！』中原之禍，自書契以來，未之有也。」（莊綽《雞肋編》，《全宋筆記》第四編七，鄭州：大象出版社，2008：75。）

〔註31〕蘇軾《出峽》：「宣尼古廟宇，叢木作帷帳。」（《蘇軾詩集合注》卷一）正是指此。王十朋曾爲蘇詩作注；不知此處爲何未嘗提及。

村》：「轍環死只欠居夷，此地傳訛且闕疑。」則孔子生前足跡未到的地方，在南宋時候又多有被附會爲孔子遺跡者。因爲南宋，理學鼎盛，孔子地位也前所未有地崇高。更奇的是，1995 年發現的距今 1.25 億年的鳥類化石，被命名爲「孔子鳥」！（《中國大百科全書》，簡明第二版，第 4 冊，北京：中國大百科全書出版社，2011：477。）

六、百觚

　　《論語・鄉黨》：「唯酒無量，不及亂。」《孔叢子・儒服第十三》：孔穿，認爲「孔子百觚」的說法靠不住；「聖賢以道德兼人。未聞以飲也。……（孔子百觚）生於嗜酒者。蓋其勸勵之辭，非實然也。」但比孔穿要晚的另一後人孔融，在《難曹公禁酒書》中，說孔子「非百觚，無以堪上聖。」〔註32〕不免帶著調笑意味。所以，曹丕後來批評孔融，「不能持論，理不勝辭，至於雜以嘲戲！」（《典論・論文》）他說孔子百觚，也當不得眞！《魏書》卷四十八：「子思有云：『夫子之飲，不能一升。』以此推之，千鍾百觚皆妄也。」〔註33〕所以，在唐以前，孔子的「百觚」，基本上是沒有人信的。《論語》所謂「無量」，也並非說孔子喝酒如同飲水一樣，恐怕正好相反，倒是說他沒有什麼酒量，自己很少飲酒——但據我們揣摩，孔子也不反對適量飲酒，因爲無酒不成禮儀，孔子很重禮。——唐代飲酒詩雖然很多，但還沒有誰嬲戲孔子。李白《月下獨酌》之二：「天若不愛酒，酒星不在天。地若不愛酒，地應無酒泉。天地既愛酒，愛酒不愧天。已聞清比聖，複道濁如賢。賢聖既已飲，何必求神仙！」所謂聖賢，也只是用徐邈「酒清者爲聖人，濁者爲賢人」的戲談（《三國志》卷二十七）太白也不在飲酒上把孔子引爲同志！

〔註32〕《建安七子集》，北京：中華書局，1989：23。《世說新語・言語第二十一》孔融對李膺說：「先君仲尼與君先人伯陽有師資之尊。」所以，孔融應是孔子後人。

〔註33〕魏收《魏書》，《二十四史》（縮印本），北京：中華書局，1997（第 6 冊）：286。

　　《全唐詩》卷六〇九皮日休《魯望讀襄陽耆舊傳，見贈五百言，過褒庸材，靡有稱是，然襄陽曩事歷歷在目。夫耆舊傳所未載者，漢陽王則宗社元勳，孟浩然則文章大匠；予次而贊之，因而寄答，亦詩人無言不酬之義也。次韻》：「任達且百觚，遂爲當時陋。既作才鬼終，恐爲仙籍售。」是皮子表彰他的老鄉孟浩然的。皮日休是個具有濃厚儒家思想的詩人。有《請韓文公配饗太廟書》、《請孟子爲學科書》〔註34〕，是較早提倡韓愈、孟子的人；在唐人中可說是最與宋代理學家主張接近者。所以在「百觚」上已發宋人先聲。看似偶然，恐怕內部也有一種必然性的聯繫。

　　宋人時不時地在詩裏標舉孔子百觚。《全宋詩》卷二六〇梅堯臣《繪叔以詩遺酒次其韻》：「百觚孔聖不可擬，白眼步兵吾久師。」卷二五八《莫飲酒》：「千鍾稱帝堯，百觚號聖丘。」卷二三二七周必大《江西漕張同之送大有年堂酒百壺戲答小詩》：「孔聖百觚誰敢比，仲由嗜榼且希賢。」卷三〇五一劉克莊《三醉圖》：「頗能和會三家書，安敢追陪百觚量。」《蘇軾詩集合注》卷十五《答孔周翰求書與詩》：「撥棄萬事勿復談，百觚之後那辭酒！」《劍南詩稿》卷四十《醉學究》：「聖師飲百觚，儼然常齋莊，弟子習禮餘，兇麤蹄公堂——至今遺風被洙泗。」〔註35〕爲什麼唐人飲酒風氣甚盛，見諸吟詠，不一而足，但「百觚」在唐詩裏卻只有到晚唐的皮日休才略一閃現，即無蹤影；而生活作風相對矜持收斂的宋人，反而在詩裏翻來覆去地驅使「百觚」？胡曉明老師說：「其實，這裡有唐宋詩的一個不同。宋詩比唐詩更日常生活化，而且更多從經典中提取詩料。此謂宋詩之人文化。」

　　另外值得注意的是，與宋詩相比，宋文對孔子「百觚」也不怎麼

〔註34〕　《皮日休文集》卷九，《皮子文藪》（蕭滌非、鄭慶篤整理），上海：上海古籍出版社，1981：87～9。

〔註35〕　《劍南詩稿》卷四十：「昔人有畫醉僧、醉道士、醉學究者，皆見於傳記及歌詩中，予暇日爲各賦一首。」可見《醉學究》本是一幅畫，此是題畫詩。（陸游《劍南詩稿》，長沙：嶽麓書社，1998：892。）

理會。我們認爲是文類價值不同所致。文學中的詩歌與散文，雖然媒介（medium）相同，都需要用文字作爲手段，但文類（genre）有異，有不同的內在規定性。錢鍾書在辨析以「文載道」和以「詩言志」時說：「這些文體就像梯級或臺階，是平行而不平等的，『文』的等次最高。」〔註36〕《詩人玉屑》卷十七引《呂氏童蒙訓》：「東坡長句波瀾浩大，變化不測，如作雜劇打猛諢入，卻打猛諢出也。」〔註37〕《類說》卷五十七山谷云：「作詩如作雜劇，初時布置，臨了須打諢。方是出場。」實際上，這是宋詩遊戲性──也許可算是「人文化」的特性之一──的表現。因爲宋詩遊戲性的增加，它和文比較起來，價值層級下降。所以，不妨在詩裏煞有介事、嬉皮笑臉地說孔子百觚，作爲典故來驅遣，而在文裏卻不宜於這樣，或者可以像理學家葉適那樣正兒八經、正襟危坐地在文裏之乎者也地辨孔子百觚是不可信的──其實這在唐以前已經被辨析明白了。〔註38〕

第二節　孔子畫像

一、詩與畫

　　孔子的畫像，很早就有了。張彥遠《歷代名畫記》卷三「述古之秘珍圖」有：「《鴻都門圖》孔聖、七十子。《魯廟孔子弟圖》五。」陳師曾《中國繪畫史》：「靈帝光和元年（178 年），畫孔子及七十二門人於鴻都門；獻帝時，成都學畫盤古、三皇、五帝、三代之名臣及

〔註36〕錢鍾書《中國詩與中國畫》，《七綴集》，上海：上海古籍出版社，1996：4。

〔註37〕魏慶之《詩人玉屑》，北京：中華書局，2007：558。引語中的兩個「諢」字，原皆作「顆」。按，《康熙字典》引《廣韻》：顆，「弄言也。與諢同。」〔《康熙字典》（標點整理本），上海：漢語大詞典出版社，2011：1400。〕《苕溪漁隱叢話》前集卷四十二亦引此語。四庫全書本《童蒙訓》卻不見此條，蓋流失矣。此語似本諸黃庭堅。

〔註38〕見《習學記言》卷三十四。〔葉適《習學記言》，《長短經》外七種（四庫筆記小說叢書影印本），上海：上海古籍出版社，1992：645。〕

孔子、七十二弟子像。」〔註39〕這大概是有文獻記載的最早的孔子畫像。《後漢書》卷八：光和元年（178年）二月「始置鴻都門學生。」注云：「鴻都門，名也；於內置學。時其中諸生，皆敕州郡三公舉召能為尺牘、辭賦及工書鳥篆者，相課試，至千人焉。」其中的孔子畫像，極可能就是鴻都門學生的作品。鴻都門學，是學術機構；魯廟，蓋是孔子家廟，祭孔的地方。可見，這些早期孔子畫像，是為了向孔子致敬而張設的。《宣和畫譜》卷一：「江陵天皇寺，有柏堂。（張）僧繇畫盧舍那及孔子像，（梁）明帝見之，怪以孔子參佛氏，以問僧繇。僧繇對曰：『他日賴此無恙耳。』」陳師曾《中國繪畫史》云，張僧繇所畫除孔子外，尚有十哲像；並云，「後周滅佛法，焚天下寺塔，獨以此殿有宣尼像，乃不令毀。」梁明帝所以怪而問之，蓋孔子畫像從來不曾在致敬佛菩薩的僧寺出現過，孔子畫像自有它該在地方——學校、孔廟。所以，郭若虛《圖畫見聞志》卷一：「唐韋機為檀州刺史，以邊人僻陋，不知文儒之貴，修學館，畫孔子、七十二弟子、漢晉名儒像，自為贊。」〔註40〕孔子畫像，是配合尊崇儒教和普及儒家經典的政治舉措。而最著名、最通行的是吳道子的《孔子行教像》。〔註41〕

　　唐詩中未見涉及孔子畫像，宋詩中則偶有所遭。《全宋詩》卷二五三〇陳傅良《教授李夢符惠宣聖畫像，用韻奉酬》：

　　　　……中有夫子像，來從魯家兒。廣文以遺我，溫屬尚

〔註39〕陳師曾《中國繪畫史》，《中國現代學術經典‧陳師曾卷》，石家莊：河北教育出版社，1996：748。此記載本於《後漢書》卷九十下。《孔子辭典》之「孔子像」亦引《後漢書》，卻誤作「光和六年」！（夏乃儒主編《孔子辭典》，上海：上海古籍出版社，2008：49。）

〔註40〕郭若虛《圖畫見聞志》，《《四庫全書精品文存》（第29冊），北京：團結出版社，1997：88。

〔註41〕夏乃儒主編《孔子辭典》，上海：上海古籍出版社，2008：49：「曲阜孔廟聖蹟殿內西面北起第一石有《孔子行教像》刻石。孔子站立面容蒼老，眉髮皆白，滿髯齊胸，顴骨突出。寬衣博帶，闊袖大領，下裳垂地，足蹬雲鞋，腰佩長劍，叉手肅立。」

可追。吾今得吾師，下視眾説卑。世世萬子孫，永此巢一
枝。

《全宋詩》卷一三六○許景衡《孔顏畫像》：「畫手千年聊寫似，
豈知天未喪斯文。」《孔子辭典》有《孔行顏隨像》：「曲阜孔廟聖蹟
殿內正中偏西刻石。畫面前爲孔子，後爲顏回。孔子微胖，少髭，佩
劍；顏子拱手身後隨行。此像有宋太宗及宋眞宗贊。」孔子後人謂此
是「端木賜篆寫，晉顧愷之重摩者」。許景衡（1072～1128）詩中所
詠，蓋此類也。卷一五一七李綱《題李伯時〈三教圖〉》卷：「素王峨
峨，萬世所師，太和元氣，逝者如斯。吾儕小人，有喙何施，稽首頓
首，念茲在茲。」《式古堂書畫彙考》卷四十二載宋濂洪武二年（1389
年）跋：「余在史館，見龍眠所作《孝經》，精彩映目，蔚然可觀，以
爲天下更無匹體。近睹《三教圖》又出《孝經》之上。何龍眠之多能
耶！」《齊東野語》卷十二《三教圖贊》：

> 理宗朝有待詔馬遠畫《三教圖》。黃面老子則跏趺中
> 坐，猶龍翁儼立於傍，吾夫子乃作禮於前。此蓋內璫故令
> 作此以侮聖人也。一日傳旨，俾古心江子遠作贊，亦故以
> 此戲之。公即贊之，曰：『釋氏趺坐，老聃傍睨。惟吾夫子，
> 絕倒在地。』遂大稱旨。其辭亦可謂微而婉矣。〔註42〕

元代李翀《日聞錄》：「眞西山題一《三教圖》——佛道同坐，夫
子拜下。題云：『老子喜說虛無，釋迦只談舍利。夫子聞之，笑倒在
地。』又一《三教圖》題云：『子曰佛說道言，所喻無非至理，三人
必有我師，一以貫之曰唯！』」〔註43〕《全宋詩》卷二八四○釋梵琮

〔註42〕 《水東日記》卷二十四亦載此事。江子遠是江萬里之字。江萬里是
　　　　宋末理學家，《宋元學案》卷七十有傳。《全宋詩》卷三一六七收詩
　　　　十四首，未列此贊。〔《全宋詩》（第61冊），北京：北京大學出版社，
　　　　1998：38122～4。〕《全宋詩訂補》也未見輯補。《全宋詩》卷五二
　　　　九蘇頌《次韻陽孝本遊翟家灣書院二首》之一：「郊居擬卜東陽宅，
　　　　屋壁將營闕里堂。……何人欲課三冬學，向此潛心事素王。」自注：
　　　　「予家三聖像將龕置於屋壁。」詩言「闕里」、「素王」，則「三聖」
　　　　中當有孔子像，但也可能是小型塑像。
〔註43〕 李光地《榕村語錄》卷十九：「（蔡清）文集中又載一僧人以《三教

《三教圖贊》：「六耳不同謀，相看已漏泄。都來隻三人，證龜卻成鼈。者也之乎，無爲寂滅。養家一般，道路各別。」則可說是把禪宗推倒權威、冥滅揀擇的策略施之於三教優劣，想要一視同仁。張丑《清河書畫舫》溜字號第六引《畫鑒》云：「余於秘府見⋯⋯（董源）《孔子哭虞丘子》。」引《宣和畫譜》又作《孔子見虞丘子圖》二——蓋是同一作品。〔註44〕《說苑》卷十四言，虞丘子相楚莊王，薦孫叔敖於朝。〔註45〕與孔子未嘗交接。蓋亦後人附會；唐宋詩中未曾言及孔子與虞丘子事。有孔子見老子畫像。〔註46〕郭若虛《圖畫見聞志》卷一：

圖》求題，虛齋題云：『三人行必有我師焉，擇其善者而從之。』又曰：『自生民以來未有孔子也。』」蔡清是明代理學家，《明儒學案》卷卷四十六有傳。法國傳教士祿是道在《中國眾神》中首列《三聖圖》，據說是一位道士所畫：釋迦牟尼居中，老子居左，孔子居右，和佛老相比，顯得很瘦小。第二副圖是中國眾神（the Olympus of modern China），共有五層，最高層以佛、老、孔爲中心：佛居中，孔老分居左右。值得注意的還有一點，兩副圖中，釋迦無鬚而有螺髮，老子白鬚，孔子黑鬚！（祿是道《中國民間崇拜：中國眾神》，上海：上海科學技術文獻出版社，2009：f.1，f.2。）

〔註44〕張丑《清河書畫舫》，上海：上海古籍出版社，2011：291；312。周密《雲煙過眼錄》卷下有「董元《笑虞丘子圖》」。
〔註45〕趙善詒《說苑疏證》，上海：華東師範大學出版社，1985：395～6。
〔註46〕洪适《隸續》卷十二《孔子見老子畫像》：「人物，七，車，二，馬，三。標榜，四。惟老子後一榜漫滅。孔子面右贄雁，老子面左，曳曲竹杖。中間復有一雁，一人俛首，在雁下。一物拄地，若扇之狀，石有裂文。不能詳辨。侍孔子者一人，其後雙馬駕車，車上一人，馬首外向。老子之後，一馬，駕車，車上亦一人，車後一人回首向外。」桂馥《札樸》卷八認爲洪适所見非完本：「今觀石本，共九人。」（桂馥《札樸》，北京：中華書局，2006：336。）這其實就是一幅漢代畫像石。而孔子見老子，在漢代畫像石中非常多，老子、孔子旁邊各有標榜，用隸書注明是「老子」、「孔子」。比如曾爲汪中所見，經包世臣、劉文淇等題跋過的《漢射陽石門畫像》中孔子見老子圖：「有人物三，自左至右在各人右上方有隸書榜題『老子』、『孔子』、『弟子』。三人皆戴進賢冠，弟子手中持簡冊，孔子和老子相對拱手。」（《「中研院史語所」藏寶應射陽孔子見老子畫像拓本記略》，邢義田著《畫爲心聲：畫像石、畫像磚與壁畫》，北京：中華書局，2011：563。）尤其是「山東地區流行孔子見老子畫像」。（《格套、榜題、文獻與畫像解釋》，ibid：130。）

「梁張僧繇有《孔子問禮圖》」。張丑《清河書畫舫》啄字號第三：「梁張僧繇有《孔子問禮圖》。」蓋是同一作品。郭若虛《圖畫見聞志》卷二載，唐末常粲有《孔子問禮》圖。《全宋詩》卷六七九劉莘老《老子畫像》：「聖人無常師，有善取與皂。問禮固有然，誰謂孔徒小。遺貌知是非，君無論醜好。」似乎內容就是孔子向老子問禮。陳繼儒《妮古錄》卷四：「余曾見其（按：指梁楷，南宋畫家，師法李公麟者）《孔子夢周公圖》……蕭蕭數筆，神仙中人也。」〔註47〕可知，最常見的孔子畫像有兩類，一是單人像，一是合像。合像中，主要有：孔子與釋老同在，所謂三教圖；孔子與老子同在，所謂問禮圖；孔子與顏回同在，所謂孔行顏隨圖。而詩歌中歌詠最多，最常見的也是這三種合像。

《全宋詩》卷一七八五陳與義《蒙再示屬辭，三歎之餘，讚美巨麗無地託言，輒依元韻再成一章，非獨助家弟致謝區區，少之襃使進學焉，亦師席善誘之意也》：「劉勰書成要人定，豈但令人愈頭病。偶向車前問沈公，果符夢裏隨先聖。」《文心雕龍・敘志》第五十：「齒在逾立，則嘗夜夢執丹漆之禮器，隨仲尼而南行，旦而寤，乃怡然而喜。大哉，聖人之難見哉！乃小子之垂夢歟？」〔註48〕陳與義在詩中所指的正是劉勰自述的夢見孔子一事。宋詩中，夢見孔子的詩尚不少。《全宋詩》卷七〇〇王令《春夢》：「……夢孔父戟手怒目瞋——天下皆曰自孔氏，獵取利祿安榮身，高官志遂不思道，牽以嗜利露己真！如何貧賤用我者皆是，富貴用我無一人！」卷一〇九七李復《論交》：「尼父已遠不得復，夢寐恍惚與神遇。」卷二三一七楊萬里《張丞相詠歸亭詞二首》之二：「夢一丈夫，首肖乎尼山兮河其目，莞爾而笑兮，告予以下學而上達知我者其天乎。」沈作喆《寓簡》卷八：「甲午（按：俞樾云，是宋孝宗淳熙元年——1174年）十月二日，

〔註47〕陳繼儒《妮古錄》，上海：華東師範大學出版社，2011：93。《南宋院畫錄》卷五引眉公《太平清話》云云，實本於《妮古錄》。
〔註48〕劉勰《文心雕龍》（黃霖整理集評），上海：上海古籍出版社，2008：103。

天欲明，夢宣尼；令作鏡銘，中云：『湛然清明，灼彼群昏。』餘語皆不記。」〔註49〕

　　由此數則，我們發現，詩中所寫夢見的孔子，「孔子畫像」是寫意式的，要麼根本沒有面貌、身體特徵的描繪，只是說就是孔子。這和《孔子畫像》，特別是《孔子行教像》對孔子面貌的細緻入微的描繪截然不同。其所以不同，是因為，詩與繪畫屬於不同的藝術類別。按照萊辛的觀點，在以線條和色彩為手段的繪畫中，它是空間的藝術，宜於靜態的細部的描繪；而詩歌則是時間的藝術，「儘管能夠把（空間裏）同時並存，轉換為（詩歌裏）先後相續，但（在意識裏）最後把這些部份還原為整體卻非常困難，往往甚至不可能。」〔註50〕而且，畫家把孔子作為表徵的客體，呈現於面前時，作為藝術的目的已達到。而詩人，比如蘇軾《戲子由》：「宛丘先生長如丘。」描繪孔子的體貌特徵，長，——《史記》言孔子長九尺六寸，蘇詩裏，這只是一個中介，說明宛丘先生才是目的。〔註51〕——而《史記》言孔子的超常身高，其實質亦是在表徵孔子的聖性。而詩歌中提到完成了的《孔子畫像》時，它僅僅是給詩歌提供了素材，作為進一步加工的材

〔註49〕沈作喆《寓簡》，《墨莊漫錄》等十一種合訂（四庫筆記小說叢書影印本），上海：上海古籍出版社，1992：157。俞樾《茶香室叢鈔》，北京：中華書局，2006：1664。
〔註50〕萊辛《拉奧孔》（朱光潛譯），北京：人民文學出版社，2009：96。
〔註51〕根據戰國、漢代的出土實物，戰國時的尺子和漢代的尺子相差不大，1尺≈23.1釐米。（《中國歷代制度演變簡表》，《古今漢語詞典·附錄》，北京：商務印書館，2000：2014。）這樣，九尺六寸折合現在的2.2176米。如果真相信司馬遷的話，孔子雖然比王莽手下的巨毋霸低點兒——《資治通鑒》卷三十八言巨毋霸「長丈大十圍」——恐怕比歷史上其他任何中國人都要高，在古代要做巨毋霸第二！孔子在今天也要做姚明第二——只比身高2.26米的姚明低0.0424米，即4.24釐米！司馬遷的說法，也許和當時民間興盛的讖緯之學有關。黃進興引緯書云：「（孔子）長十尺，大九圍。」——身高已撐上巨毋霸！——認為「怪誕不經。」（《權力與信仰：孔廟祭祀制度的形成》，黃進興著《優入聖域：權力、信仰與正當性》，北京：中華書局，2010：160。）

料。即以前引江萬里《三教圖贊》爲例：畫家馬遠本意，是要通過畫中釋迦、老子和孔子的位置、表情與體態，崇道釋二教，貶抑孔子和儒教。就是說繪畫只能由這些態勢給以暗示，它是啞巴的藝術〔註52〕，這就造成意義的模糊性，不夠明白，留下可詮釋的餘地。正因爲如此，江萬里才有機會給《三教圖》以理學家的詮釋。這個詮釋因爲是用語言表達的，相對於圖畫，它的意旨更確切明白。

　　杭世駿《訂訛類編・續補》卷下：「《孔叢子》子思告齊君：『先君生無鬚眉，天下王侯不以損其敬。』——則孔子當無鬚，今像多鬚，恐誤！」〔註53〕我們所見孔子畫像、塑像也都有大把的鬍鬚；而唐宋詩歌中，雖說到孔子不少體貌特徵，但對其鬍鬚，隻字也無。這仍然可以用兩種藝術門類的不同特性去闡明。在繪畫和雕塑中，孔子的那部大鬍子，和他的聖人品性聯繫在一起，幾乎是聖人品性（sainthood）的打眼的標誌之一。《世界文化象徵辭典》：「（鬍子 beards, mustaches）男子漢的象徵。英雄們、國王和眾神都有鬍子。埃及女王 Hatshepsur 常在頦上帶假鬍子以示她的王室身份。……在中國北方，紅色鬍子是力量和勇猛的象徵。雖然中國人天生不易長大鬍子，但舞臺上和繪畫中所表現的著名人物，都有不少鬍子。」〔註54〕而詩歌中在表達孔子

〔註52〕萊辛說畫家是不得不用象徵，詩人能夠直接表白，卻也要學畫家：「這豈不是就像一個人本來能夠而且應該把話說得響響亮亮的，卻要運用土耳其後宮裏啞巴太監們因爲不能說話而造出來的那種符號嗎？」〔萊辛《拉奧孔》（朱光潛譯），北京：人民文學出版社，2009：60。〕

〔註53〕杭世駿《訂訛類編》，北京：中華書局，2006：318。

〔註54〕漢斯・比德曼《世界文化象徵辭典》，桂林：灕江出版社，2000：141。《象徵之旅》：「鬍子在男性象徵系統中代表尊嚴、權威、生殖能力，也代表睿智；繪畫中的男性天神一般都有鬍子。」（傑克・特里錫德《象徵之旅》，北京：中央編譯出版社，2000：15。）邢義田在《論漢代的以貌舉人》一文中，指出「鬚眉關乎男子氣概，甚爲漢代人所重視。」（邢義田著《天下一家：皇帝、官僚與社會》，北京：中華書局，2011：386。）伊索寓言裏的狐狸譏刺上他當的山羊說，你的智慧像你的鬍子一樣多就好了！可見智慧和鬍子有時也不般配。巴爾贊說，俄國彼得大帝在「他的國家搞現代化時，下令徵收鬍鬚

的聖人特性時，很便利的一個「聖」字就解決了，比孔子的鬍子要直
截痛快得多！〔註55〕再，前面說到，詩文中曾提掇孔子的超常身高，
原本也是在表徵其聖性；但卻不適合用於繪畫。如果把這種「長」用
在繪畫或雕塑上，勢必會破壞藝術的整體效果，顯得不協調。所以繪
畫、雕塑選中孔子的鬍鬚而非超常的身高。〔註56〕

税」！（雅克·巴爾贊《從黎明到衰落》，北京：世界知識出版社，
2002：187。）彼得大帝和康熙皇帝大致同時，當時歐洲時尚是不留
鬍子，彼得大帝用心良苦要把他的俄羅斯全盤西化，連這些細節也
照顧到了。——看他的畫像，也是僅有唇髭。不像我們的康熙皇帝，
是個留山羊鬍的清瘦老頭子。有意思的是清代皇帝的鬍子越來越
短，到同治、光緒這些少年天子，臉上乾乾淨淨，幾乎可以充奶油
小生，大清國勢卻也日下；而同時的歐洲君主，比如德國威廉一世
（1871～88年在位），鬢鬚、唇髭蓬蓬鬆鬆，向外擴張，和熾張的國
勢交相輝映。

〔註55〕阿多諾在《審美理論》中引 Theodor Meyer 的說法，並加以發揮：詩
歌關注的不是感性的景觀。——作爲媒介的詩歌語言自身就是具體
的。（As far as poetry is concerned,there are no sensuous visions that
correspond to what a poem tries to say. The concrete actualization of
poetry lies in its linguistic shape,not in the highly problematic visual
representations poems are supposed to stimulate.Poems do not need
sensual representation to actualize themselves.They are concrete enough
in the medium of language；it is here that they are suffused with the
non-sensuous ,in accordance with the contradictory notion of
non-sensuous vision.）（T.W. Adorno: Aesthetic theory, translated by C.
Lenhardt, Routledge & Kegan Paul, 1984:143～4.）非常適合說明我們
詩歌，特別是近體詩和宋詩的特性。抽象性是西方現代詩歌的一個
特點。狄德羅已經說過，「物質材料中純粹和抽象的方面，並非沒有
一定的表達力。」「對此，波德萊爾還會再次表述……這爲詩歌創作
中的那種不妨稱作抽象詩歌的現代性奠定了基礎。」〔胡戈·弗里德
里希著《現代詩歌的結構：19世紀中期至20世紀中期的抒情詩》（李
雙志譯），南京：譯林出版社，2010：13。〕

〔註56〕我們注意到漢畫像石中，孔子見老子像，老子和孔子的身高一般差
別不大，尤其是往往在兩人之間夾一身材僅及二人之胸的矮人——
邢義田說是項橐，但並無標榜可證；我們認爲不過是唐詩「松下問
童子」中的童子之類，是老子的應門人，所以只要在此類畫圖中出
現，他總是面向孔子；有時他手中持有玩具，則只是表示「童子」
身份罷了——但孔子看去似乎更魁梧一些。如東京國立博物館東洋
館藏、原出嘉祥的孔老畫像原石：「老子在左側側面向右，戴進賢冠，

二、王者威儀

　　開元二十七年（739 年），孔子被封爲「文宣王」，「內出王者
袞冕之服以衣之」（參見本文「文宣王」小節）從此各地孔廟裏，
聖人就以王者的威儀出現。但相關唐詩很少，而且也沒有有意識地
表徵這一點。《全唐詩》卷四六四王起《貢舉人謁先師聞雅樂》：「鞠
躬遺像在，稽首雅歌聞。」只是說孔子的塑像在那裡，大家對著它
行禮。同樣，韓愈在《處州孔子廟碑詩》也只是說「像圖孔肖」；
不過，韓愈在文中，卻明確地表達了這個意思：「孔子用王者事，
巍然當座，以門人爲配，自天子而下，北面跪祭進退，誠敬禮如親
弟子。」﹝註57﹞但到宋詩裏，就不一樣了。韓愈只是在文中強調的
孔子王者威儀，在相關宋詩裏被凸顯出來。《全宋詩》卷一四六劉
仲堪《南山十詠》之《宣聖廟》：「丹青古冕服，赭堊新締構。」卷
五一三鮮于侁《九誦》：「曲阜兮遺墟，先師兮闕里。……升堂而北
面兮望冕旒之巍巍，惟神明之降鑒兮洞精神其來歆。」卷二〇二五
王十朋《上丁釋奠備數獻官，書十二韻呈莫子齊教授趙可大察推》：
「孰知夢奠後，廟祀亙無極。嵬然袞冕尊，王侯面俱北。」宋人不
光在詩中，突出孔子的王者威儀，而且恐怕這也已成爲平民百姓普
遍接受的一個關於孔子的突出印象。《夷堅三志》己卷第十《界田
藝學》：孔廟荒廢後，有人在此建宅，「暴得熱疾」，於是，道士招

　　有鬚，身微弓，拱手，有曲杖在手；老子之前有昂首披髮拱手向右
　　（按：即面向孔子）小童一人。孔子側面面向左，身軀微弓，較老
　　子稍高大，戴進賢冠，拱手，手中有一鳥（按：蓋爲贄禮，見面禮）；
　　孔子身後有弟子一人，身軀大小與老子相若，戴進賢冠，拱手，執
　　簡。」（《漢畫像「孔子見老子圖」過眼錄》，邢義田著《畫爲心聲：
　　畫像石、畫像磚與壁畫》，北京：中華書局，2011：577。）但也有
　　將孔子處理得非常高大，而將老子畫得異常矮小的。如四川新津縣
　　崖墓出土石函畫像中的老子，張道一也說老子「過於矮小，而且有
　　點駝背」。（張道一《畫像石鑒賞》，重慶：重慶大學出版社，2009：
　　207：210。）
﹝註57﹞閻琦校注《韓昌黎文集注釋》，西安：三秦出版社（下冊），2004：
　　211。

神：「見一戴冕旒人，容貌高古，又十輩供從於後，云：『吾乃文宣王，從我者十哲也。』」〔註58〕這個道士的胡謅，正可折射出此一普遍性。

那麼，宋詩在涉及孔廟的聖人塑像時，爲什麼只突出其王者威儀？我們認爲應該追究孔廟的塑像，這樣才能做出合理的解釋。首先，孔廟的孔子塑像不是藝術品，因爲它不是爲審美目的而製作的。萊辛說：「一切帶有明顯的宗教祭奠痕跡的作品都不配被稱爲『藝術作品』」，「（它）只是宗教的一種工具，它對自己所創造的感性形象更看重的是它所指的意義而不是美。」〔註59〕儒教和孔子在當時即使不算宗教和教主，在很大程度上，也是類似的。〔註60〕所以塑像藝術所注重的面貌體態的細緻入微，生動傳神，對孔子塑像而言，不是第一義的；只要它在那裡，是一個標誌，象徵孔子，就可以了。〔註61〕其次，孔子也非歷史中那個眞實的孔子，孔廟中的孔子像風乾的木乃伊一樣，是被統治階級的意識形態炮製出來，爲統治階級的長治久安服務的。而在封建的極權政治籠罩下，理性被驅逐或迴避，發揮功能的是迷信，它是通過宗教或神的信仰這些有效形式去貫徹，也就是錢鍾書所謂「神道設教」〔註62〕；它強調信仰，樹立權威，要求人們無條

〔註58〕洪邁《夷堅志》，北京：中華書局，2006：1383。

〔註59〕萊辛《拉奧孔》（朱光潛譯），北京：人民文學出版社，2009：56。

〔註60〕法國漢學家葛蘭言說儒教「是中國的官方宗教。」（葛蘭言《中國人的宗教信仰》，貴陽：貴州人民出版社，2010：83。）黃進興引韋伯（Max Weber）的説法：「基本上，儒家是國家的宗教，而不是個人的宗教。」（《韋伯論中國的宗教：一個「比較研究」的典範》，黃進興著《優入聖域：權力、信仰與正當性》，北京：中華書局，2010：57。）參見本文「宋祀孔詩」小節。

〔註61〕加達默爾說：「宗教膜拜的一切形式，都是以可見的外觀和不可見的意義之間的不可分割性，即這兩個領域的『吻合』爲其基礎的。」（加達默爾著《眞理與方法》，上海：上海譯文出版社，2005：95。）

〔註62〕「夫（神道）設教濟政法之窮，明鬼爲官吏之佐，乃愚民以治民之一道。……古希臘、羅馬文史屢言君主捏造神道爲御民之具。聖奧古斯丁斥君主明知宗教之妄而誘民信以爲眞，俾易於羈絆。」（錢鍾書著《管錐編》，北京：中華書局，1991：18～9。）

件地服從這個權威；否則，將予以嚴懲〔註63〕。而孔子就是這樣一個在時間進展中越來越被抽離真實的典型，或者說是被別有用心的意識形態所蛀空。而孔子的權威就是由那些統治階級安插到他頭上、身上的冕旒、袞服來作感性的體現。

　　孔子的王者威儀，是從專制帝王那裡假借來的，是統治者的恩賜──孔子，這個在現實中具有民本思想的人，未必會看重、接受這些輝煌。但統治者一定要賜予他，因為在這過程中，暗地裏實現了一個轉換。統治者由此偷偷摸摸地把孔子的聖人稱號給竊取去了！「聖人」本來是個普通名詞，〔註64〕是指一個人在道德上的出類拔萃；而孔子就是這方面的典範。統治階級的意識形態宣稱孔子是最後一位聖人，是至聖──孔子以後再無聖人出現！統治者為維護其統治，不斷強調其神性──像劉邦這樣的社會底層發跡的人，偽造他是神的後裔，「其先劉媼嘗息大澤之陂，夢與神遇。是時雷電晦冥，太公往視，則見蛟龍於其上。」（《史記》卷八）再就是強調聖性，道德上的崇高，來支持其統治的合法性。唐代在這方面最典型的是武則天，因為性別，使她做皇帝遭到前所未有的困難。所以，她偽造種種神跡和瑞徵，〔註65〕

〔註63〕李贄就是個明顯的例子。按史學家黃仁宇的說法，「李贄是儒家的信徒」。（黃仁宇《萬曆十五年》，北京：生活・讀書・新知三聯書店，1998：211。）因為受王陽明心學影響，也就是能夠稍稍運用自己的理性去看世界，認為「咸以孔子之是非為是非，固未嘗有是非耳」。引起僵化意識形態的極大憤慨：「李贄邪說惑眾，逮死獄中。」（《明史》卷二四一）死後，李贄仍然受到口誅筆伐。《四庫全書總目》卷五十認為：「狂悖乖謬，非聖無法，惟此書（李贄《焚書》）排擊孔子，別立褒貶！凡千古相傳之善惡，無不顛倒易位，尤為罪不容誅！」

〔註64〕邢義田說：「君臣俱可曰聖，聖人不過是『中正通知之人』。到了戰國，聖字神聖化……對這一變化，朱駿聲曾有精要的觀察：『春秋以前所謂聖人者，通人也』；『戰國以後所謂聖人，則尊崇之虛名也』。」（《秦始皇與「聖人」》，邢義田著《天下一家：皇帝、官僚與社會》，北京：中華書局，2011：51。）

〔註65〕這種事《資治通鑑》有很多記載。《朝野僉載》卷三：「則天好禎祥。拾遺朱前疑說夢云：則天髮白更黑，齒落更生。即授都官郎中。司刑事囚三百餘人，秋分後無計可作，乃於圜獄外羅牆角邊作聖人

諂媚小人在她強大的暗示下，頌揚她是「聖人」。〔註 66〕比如，沈佺期的詩。《全唐詩》卷九十五《枉繫二首》之二：「聖人降其子，古來歡獨絕。」這是指孔子。卷九十六《則天門赦改年》：「聖人宥天下，幽鑰動圜狴。」又，《再入道場紀事應制》：「自喜恩深陪侍從，兩朝長在聖人前。」又，《歲夜安樂公主滿月侍宴》：「聖皇千萬壽，垂曉御樓開。」又，《遙同杜員外審言過嶺》：「兩地江山萬餘里，何時重謁聖明君。」卷九十七《赦到不得歸題江上石》：「聖主謳歌洽，賢臣法令齊。」聖與聖人都指女皇。實在是連篇累牘，禍棗災梨！後來，聖人在多數情況下，要麼是指孔子，要麼是指皇帝，而且是「今上」。《東觀奏記》卷中載唐宣宗一事：

> 上聽政之暇，多賦詩；多令翰林學士屬和。一日賦詩賜寓直學士蕭寘，令和。寘手狀謝曰：「陛下此詩雖『掛水日千里，因之平生懷』亦無以加也！」明日召學士韋澳問此兩句。澳奏曰：「宋太子家令沈約詩。寘以睿藻清新，可方沈約爾。」上不悦，曰：「將人臣比我，得否？！」恩遇漸薄。〔註 67〕

宣宗感到很委屈：天子聖神，豈可拿沈約來比朕！蕭寘本是奉承皇帝的文學才能，結果卻忽略了比喻的不倫不類。和六百年前的吳主孫皓比起來，宣宗算是寬厚了。拿人臣比皇帝，那是大忌，就是聖人

跡，長五尺。至夜半，三百人一時大叫，內使推問。云：『昨夜有聖人見，身長三丈，面作金色。云：「汝等並冤枉，不須怕懼，天子萬年，即有恩，赦放汝！」把火照之，見有巨跡。』即大赦，天下改爲大足元年。」這就是歷史上大足年號的來歷。而且這裡稱身長三丈的神人爲「聖人」，正從側面説明，武則天稱聖人，也是神話自己之一端。

〔註66〕邢義田在《秦始皇與「聖人」》一文中指出：「漢天子不敢以聖人自居」；「漢世無聖帝，殆爲儒生的定論。」（邢義田著《天下一家：皇帝、官僚與社會》，北京：中華書局，2011：61；81。）

〔註67〕裴庭裕《東觀奏記》，《唐・五代・宋筆記十五種》（一）（新世紀萬有文庫本），瀋陽：遼寧教育出版社，2000：9。亦見《唐人軼事彙編》卷三（周勳初主編《唐人逸事彙編》，上海：上海古籍出版社，2006：170。）

孔丘都不行！〔註68〕但自唐代起——實際上，孔僖對漢章帝說祠孔是「增輝聖德」已透端倪！（參見本文「既聖且師」小節）——掌權的「聖人」明顯地希望借光道德上的聖人，禁忌逐漸像春天的薄冰一樣，不知不覺地化掉了。楊萬里《賀皇太子九月四日生辰》之四：「二聖多能似仲尼，儲皇家學自庭闈。」（《全宋詩》卷二二九四）「二聖」是指宋高宗和孝宗，太子是孝宗之子，即後來的光宗；因爲，太子尚未即皇帝位，決不敢「聖」！

　　一葉落而知秋。從楊萬里這首詩〔註69〕，我們也可以說孔子和帝王之間王者威儀和道德典範的交換已經完成。從此帝王和孔子變成了趙子昂夫人所說的「我泥中有你，你泥中有我」的不可分割。

　　通過考察，我們發現在表徵孔子時，詩畫因媒介不同，而表現出明顯的差異。詩中表夫子之聖，自可單刀直入，奧卡姆剃刀似的（Occam's Razor），刪繁去蕪。萊辛說：「對於藝術家，詩作品彷彿應提供無限多的眼睛和一種放大鏡，通過這種放大鏡，他就能看到只憑肉眼所不能分辨出來的東西。」〔註70〕就是說，詩歌，比如《荷馬史詩》，往往能夠給藝術提供題材，爲藝術家所用；這樣，就發生學而言，詩歌比繪畫更本原，其價值層級也相應地較高。錢鍾書贊同萊辛

〔註68〕《資治通鑒》卷八十：「（孫皓）問：『孤飲酒可以方誰？』（張）尚曰：『陛下有百觚之量。』吳主曰：『尚知孔丘不王，而以孤方之！』因發怒收尚。公卿已下有百餘人詣宮叩頭請，尚罪得減死，送建安作船，尋就殺之。」邢義田在《秦始皇與「聖人」》一文中，引孔子十九世孫孔宙碑：「躬忠恕以及人，兼禹、湯之罪己。」指出「竟然以人臣與古帝王禹、湯相比……歐陽修讀碑至此，斥其『不類』。他說這是『漢世近古，簡質猶如此。』易言之，宋世不同於漢代，宋代士大夫不敢如此僭越。」（邢義田著《天下一家：皇帝、官僚與社會》，北京：中華書局，2011：79。）

〔註69〕余英時指出：「他（楊萬里）可以說是當時士大夫中對皇權本質認識得最深刻的一個人。」（余英時《朱熹的歷史世界》，北京：生活・讀書・新知三聯書店，2011：792。）有敏銳的政治觸覺，「他的先見之明才獲得普遍的承認。」（ibid:690.）

〔註70〕萊辛《拉奧孔》（朱光潛譯），北京：人民文學出版社，2009：186。

的「詩歌和繪畫各有獨到，而詩歌的表現面比繪畫『愈廣闊』」，並進一步說，「詩歌的表現面比萊辛所想的可能更廣闊幾分」！〔註71〕倒也不見得是詩人的偏見。宋詩中的孔子「百觚」，繪畫中就沒有人表現過。「百觚」倒是畫得出的，但畫出來，恐怕只像是土財主的酒窖。所以，它不適合用空間藝術去表現，也沒有人出力不討好地去表現它。

小　結

　　本章考察了孔子遺物和畫像在唐宋詩表徵它們時，顯現出的一些特色。第一節，我們發現孔子遺物不是隨著時間流逝而湮沒減少；隨著孔子地位在國家意識形態和社會上的提升與尊顯程度的加大，孔子遺物數量在增多。學者對此並不作殺風景的證偽。特別是在唐宋詩歌裏，遺物、遺跡如杏壇、檜樹，都成為向孔子致敬，表達詩人無限景仰的符碼（code）。第二節，孔子塑像、畫像和詩歌的描繪相比，具有更多的偶像化傾向，宗教意識顯得濃厚。在對孔子的表徵上，詩歌與雕塑、繪畫，手法明顯不同。這是詩畫各自的特性限定了的，在價值上則似乎難分優劣。

〔註71〕錢鍾書《讀〈拉奧孔〉》，《七綴集》，上海：上海古籍出版社，1996：
　　　　55。

結　語

　　本文對孔子在唐宋詩歌中的表徵進行比較系統的考察，主要是現象式的描繪，同時對現象背後的本質有所闡發。

　　孔子可以說是中國歷史上一條滔滔不息流淌不盡的河流，一道波瀾壯闊隨時變化精彩紛呈的風景。個體生命的死亡，並不是孔子生命的終結；正像赫爾德說的那樣，只是「從一種整合狀態轉變成另一種整合狀態的轉折點」。[註1]從結束南北朝的大分裂取得政治上的大一統局面開始，到新儒學繁興，有近六百年時間，所謂的唐宋時代，也正是中國傳統文化高度繁榮的黃金時代。唐宋詩歌在某種意義上，可以說是這一高度繁榮的文化的載體、眞實的體現與堅強的證明；通過考察，我們認爲它對孔子的表徵，具有以下特點：

　　多樣性　就表征客體而言，唐宋詩歌對孔子個人生活史中的要素、節點進行大量表現，如孔子「唯酒無量」飲酒百觚這樣的生活習好，伯鯉過庭，孔子隨機開導此類的日常生活中的偶然事件；孔子教學學術思想和師弟交際活動，在唐宋詩歌中也被反覆提及，如孔子因聽說西郊獲麟而作春秋，刪詩，晚年讀易韋編三絕，要和子路乘桴浮海；孔子的社會政治活動，如去魯遲遲，席不暇暖，問津皇皇。唐宋

〔註 1〕海登·懷特著《元史學：十九世紀歐洲的歷史想像》，南京：譯林出
　　　　版社，2004：93。

詩歌對孔子的表徵，可謂林林總總，事無鉅細。另外，這種多樣性還體現在此一時期的不同藝術媒質，如散文（古文）、小說（筆記、傳奇）、繪畫、雕塑都對孔子進行刻畫、表現，而且關於孔子的遺物、遺跡大量增加，可以說是對孔子作了一種實物式的表徵。所有這些異質、不同媒介的表徵，又都為唐宋詩歌所或多或少地收攝，猶如佛教所謂大圓鏡智，形成一種「表徵的表徵」。

多元性　就表徵主體而言，唐宋詩歌對孔子的表徵顯出價值上的多元性。比如，對孔子行道求義都不能苟同的王維和李商隱，與意識形態中對孔子所持的主流觀念相去甚遠。但處在盛唐的大詩人王維對孔子的輕鄙，表達得直露無隱；而那位中晚唐時期工於吞吐言情的李商隱，那種對孔子不以為然的情緒，表達得委婉隱約——我們認為，這主要還是因為二人對孔子在價值層級上有差異，雖然這個差異只是量上的。不但不同的詩人在對孔子的認識上顯出價值的多元性，就是同一個詩人在歷時性上，也會顯示出對孔子的價值評估上的變化；杜甫就是個典型的例子，他從對孔子的高度認同，到「孔丘盜跖俱塵埃」的價值上的虛無主義，足以說明這一點。這種對孔子價值的多元性，在時間的緯度上表現的是一種流變，或鐘擺式的動蕩。如唐宋詩人在孔子問津仕隱問題上的價值傾向，和時代政治社會的寬裕與嚴苛緊密相聯。

同一性　雖然對孔子表徵在唐宋詩歌裏顯示出多樣性和多元性，但同時表現出同一性。在孔子的身份問題上，「聖」的色調，不論在濃厚儒家思想影響的詩人筆下，還是佛道信徒的詩中，不論權勢烜赫的高官吟唱，還是不求聞達的隱逸悄吟，都揮之不去。而且，唐宋詩歌對孔子的表徵，往往不是為表徵而表徵，孔子在詩中是達到其他目的的一種有力靈便的手段；就此而言，孔子又是被符號化，象徵化了；這可以看作同一性的一種表現形式。唐宋詩裏表徵孔子的這種同一性，在修辭上表現出的特性就是隱喻，準確地說是提喻

（synecdoche）〔註2〕，也就是我們在正文中所謂的「點式表徵」法。

　　自由性　唐宋時期，孔子已經不容置疑地居於意識形態的中心；但孔子地位並未凝固，仔細考察，我們會發現孔子仍處於緩坡式上升運動中。他在唐玄宗時被封爲「文宣王」，到宋仁宗時被加諡爲「至聖」；國家意識形態祭孔典禮詩，宋代數量遠遠多於多於唐代。這些我們都在前面考察過，有力地表明了這一點，說明孔子在國家意識形態中尚具活力，沒有像後來的明清那麼僵化。所以，在唐宋詩歌裏，對孔子的表徵才顯出活力、彈性、自由度。這在道統人物韓愈根據詩歌的需要信口雌黃，自相矛盾，頌揚孔子是大聖，又譏嘲他是刪詩的「陋儒」；具有遊戲精神的蘇軾，在調侃孔丘長人的詩句中；唐宋詩歌直呼孔子之名，無所迴避中──表徵孔子的自由性得到具體驗證。這種自由性，同時也顯示出文學與意識形態相對抗，對意識形態具有潛在的破壞、銷蝕作用。〔註3〕

　　唐宋詩歌在表徵孔子時所顯示出的這些特點，我們認爲有以下原因：

　　首先，孔子在國家意識形態中被給予的長期穩定的崇高地位，享有的普遍尊崇，統治階級也盡可能給予孔子異乎尋常的優待禮遇。其次，唐宋時期的文化在某種程度上，可以說是儒釋道三教文化相互作用、相互影響的歷程之表現。不同的教派、階層、集團，爲維護自身利益，明詔大號地弘揚各自的主張，把孔子當作可利用的資源，主動、

〔註2〕提喻，作爲一種辭格是用部份代替整體。參看海登‧懷特著《元史學：十九世紀歐洲的歷史想像》，南京：譯林出版社，2004：41～9；茨維坦‧托多羅夫著《象徵理論》，北京：商務印書館，2010：118。

〔註3〕參看姚斯對「宮廷愛情文學」，即 courtly love 詩歌和「家的溫馨的抒情詩」與意識形態關係的分析。（姚斯著《審美經驗與文學闡釋學》，上海：上海譯文出版社，1997：24；427。）唐宋詩歌在表徵孔子時還有一個特點，就是差異性。它其實是唐宋詩歌差異性在具體領域內的表現。唐宋詩歌的差異，可參看錢鍾書著《談藝錄》，北京：中華書局，1993：1～5。繆鉞著《詩詞散論》，西安：陝西師範大學出版社，2008：30～41：《論宋詩》。

積極地誤讀孔子，宣稱那才是正確的解讀。再次，儒家知識分子，出於對孔子的熱愛、利益的維護，不自覺地拔高孔子，甚至到了將孔子偶像化、神化的邊緣；如「孔堂絲竹」就是這樣一個唐宋詩人習以爲常的例子；再如宋人對孔子和六經關係的強調。另外，這些特點的形成，還有傳統詩歌文體自身的規定性因素在起作用。當然，這一點也不可忽略，就是孔子作爲一個歷史人物，其內涵的豐厚性，使他作爲一種文本性存在，獲得無限、無盡的可詮釋性。

附：本文小節引得（按音序排列）

參考文獻

1. 《全唐詩》，北京：中華書局，1997。
2. 《全宋詩》（北京大學古文獻研究所編纂），北京：北京大學出版社，1991～8。
3. 《〈全宋詩〉訂補》（陳新等訂補），鄭州：大象出版社，2007。
4. 《十三經注疏》，杭州：浙江古籍出版社，1998。
5. 《二十四史》，北京：中華書局，1997。
6. 《先秦漢魏晉南北朝詩》（逯欽立輯校），北京：中華書局，1998。
7. 《諸子集成》，上海：上海書店出版社，1996。
8. 《四庫全書總目》（永瑢等撰），北京：中華書局，1995。
9. 《藝文類聚》（歐陽詢編），上海：上海古籍出版社，2007。
10. 《文獻通考》（馬端臨撰），杭州：浙江古籍出版社（影印本），2007。
11. 《宋元學案》（黃宗羲全祖望編撰），北京：中華書局，2007。
12. 《全上古三代秦漢三國六朝文》（嚴可均輯），北京：中華書局，1985。
13. 《全唐文》（董誥等編），上海：上海古籍出版社，1995。
14. 《宋文鑒》（呂祖謙編），長春：吉林出版集團，2005。
15. 《宋詩鈔》（吳之振、呂留良、吳自牧編），北京：中華書局，1996。
16. 《太平廣記》（李昉等編），上海：上海古籍出版社，1990。
17. 《夷堅志》（洪邁撰），北京：中華書局，2006。
18. 《尹文子》（尹喜），上海：上海古籍出版社，1990。
19. 《資治通鑒》（司馬光編著），北京：中華書局，1987。

20.《歷代紀事本末》，北京：中華書局，1997。

21.《唐宋詩醇》，北京：中國三峽出版社，1997。

22.《唐宋文醇》，北京：中國三峽出版社，1997。

23.《唐詩選》（王闓運選批），上海：上海古籍出版社，1989。

24.《朱子語類》（黎靖德編），北京：中華書局，1988。

25.《瀛奎律髓彙評》（方回選評、李慶甲集評），上海：上海古籍出版社，2008。

26.《歷代詩話》（何文煥輯），北京：中華書局，2004。

27.《歷代詩話續編》（丁福保輯），北京：中華書局，1983。

28.《清詩話續編》（郭紹虞輯），上海：上海古籍出版社，1999。

29.《民國詩話叢編》（張寅彭主編），上海：上海書店出版社，2002。

30.《詩人玉屑》（魏慶之），北京：人民文學出版社，2007。

31.《苕溪漁隱叢話前後集》（胡仔），北京：人民文學出版社，1981。

32.《海錄碎事》（葉廷珪），北京：中華書局，2002。

33.《詩林廣記》（蔡正孫），北京：中華書局，1982。

34.《老學庵筆記》（陸游），北京：中華書局，1997。

35.《雞肋編》（莊綽），北京：中華書局，2010。

36.《子略》（高似孫），瀋陽：遼寧教育出版社，1998。

37.《東家雜記》（孔傳），《全宋筆記》（第三編十），鄭州：大象出版社，2008。

38.《杜甫詩話六種校注》（張忠綱），濟南：齊魯書社，2002。

39.《稀見本宋人詩話四種》（張伯偉編校），南京：江蘇古籍出版社，2002。

40.《四書集注》（朱熹撰），長沙：嶽麓書社，1995。

41.《詩集傳》（朱熹撰），長沙：嶽麓書社，1997。

42.《詩三家義集疏》（王先謙撰），北京：中華書局，2009。

43.《綱鑑易知錄》（吳乘權等），北京：中華書局，2009。

44.《續資治通鑑》（畢沅），長沙：嶽麓書社，1995。

45.《日知錄集釋》（黃汝成撰），長沙：嶽麓書社，1996。

46.《鄭堂讀書記》（周中孚著），上海：上海書店出版社，2009。

47.《清河書畫舫》（張丑），上海：上海古籍出版社，2011。

48.《義門讀書記》（何焯著），北京：中華書局，2006。

49.《論語集釋》（程樹德），北京：中華書局，2010。

50. 《韓詩外傳集釋》（許維遹），北京：中華書局，2009。

51. 《洛陽伽藍記校釋》（周祖謨），上海：上海書店出版社，2000。

52. 《列子集釋》（楊伯峻），北京：中華書局，1991。

53. 《抱朴子內篇校釋》（王明），北京：中華書局，1980。

54. 《封氏聞見記校注》（趙貞信），北京：中華書局，2008。

55. 《楚辭補注》（洪興祖），北京：中華書局，2008。

56. 《沈佺期宋之問集校注》（陶敏易淑瓊），北京：中華書局，2006。

57. 《王右丞集箋注》（趙殿成），上海：上海古籍出版社，2007

58. 《李太白全集》（王琦），北京：中華書局，1999。

59. 《杜詩詳注》（仇兆鰲），北京：中華書局，1995。

60. 《杜詩鏡銓》（楊倫），上海：上海古籍出版社，2007。

61. 《杜臆》（王嗣奭），上海：上海古籍出版社，1983。

62. 《高適詩集編年箋注》（劉開揚），北京：中華書局，2008。

63. 《岑嘉州詩箋注》（廖立），北京：中華書局，2004。

64. 《韓昌黎詩繫年集釋》（錢仲聯），上海：上海古籍出版社，2007。

65. 《韓昌黎文集注釋》（閻琦），西安：三秦出版社，2004。

66. 《劉長卿集編年校注》（楊世明），北京：人民文學出版社，1999。

67. 《戴叔倫詩集校注》（蔣寅），上海：上海古籍出版社，2010。

68. 《三家評注李長吉歌詩》（王琦等），上海：上海古籍出版社，2009。

69. 《元稹集編年箋注》（楊軍），西安：三秦出版社，2005。

70. 《玉谿生詩集箋注》（馮浩），上海：上海古籍出版社，1998。

71. 《歐陽修詩文集校箋》（洪本健），上海：上海古籍出版社，2010。

72. 《蘇軾詩集合注》（馮應榴），上海：上海古籍出版社，2001。

73. 《蘇軾文集》（顧之川點校），長沙：嶽麓書社，2000。

74. 《黃庭堅詩集注》（任淵等），北京：中華書局，2003。

75. 《王荊文公詩集箋注》（李壁），上海：上海古籍出版社，2010。

76. 《王安石全集》（寧波等校點），長春：吉林人民出版社，1996。

77. 《嘉祐集箋注》（曾棗莊、金成禮），上海：上海古籍出版社，2009。

78. 《蘇轍集》（陳宏天、高秀芳點校），北京：中華書局，2004。

79. 《劍南詩稿》（陸游），長沙：嶽麓書社，1998。

80. 《唐詩別裁集》（沈德潛），上海：上海古籍出版社，2009。

81.《唐詩解》（唐汝詢），石家莊：河北大學出版社，2010。

82.《夾註名賢十抄詩》（〔高麗〕釋子山夾註、查屏球整理），上海：上海古籍出版社，2005。

83.《宋詩精華錄》（陳衍），上海：上海古籍出版社，2008。

84.《漢魏六朝詩六種》（黃節），北京：人民出版社，2008。

85.《唐詩選》（中國社科院文學研究所選注），北京：人民文學出版社，2009。

86.《續古文辭類纂》（王先謙編），《正續古文辭類纂》，杭州：浙江古籍出版社，1998。

87.《古尊宿語錄》（賾藏主），北京：中華書局，1996。

88.《五燈會元》（普濟），北京：中華書局，2008。

89.《困學紀聞》全校本（王應麟著），上海：上海古籍出版社，2009。

90.《學林》（王觀國著），北京：中華書局，2006。

91.《唐人軼事彙編》（周勛初主編），上海：上海古籍出版社，2006。

92.《宋人軼事彙編》（丁傳靖輯），北京：中華書局，2006。

93.《唐五代筆記小說大觀》，上海：上海古籍出版社，2000。

94.《清波雜志校注》（劉永翔），北京：中華書局，1994。

95.《密齋筆記》（謝采伯），上海：上海古籍出版社，1992。

96.《艮齋雜說》（尤侗著），北京：中華書局，2006。

97.《文史通義》（章學誠撰、呂思勉評），上海：上海古籍出版社，2008。

98.《十駕齋養新錄》（錢大昕著），上海：上海書店出版社，2011。

99.《東塾讀書記》（陳澧著），北京：生活·讀書·新知三聯書店，1998。

100.《九九消夏錄》（俞樾著），北京：中華書局，2006。

101.《茶香室叢鈔》（俞樾著），北京：中華書局，2006。

102.《訂訛類編》（杭世駿著），北京：中華書局，2006。

103.《札樸》（桂馥著），北京：中華書局，2006。

104.《古董瑣記全編》（鄧之誠著），北京：中華書局，2008。

105.《中國笑話大觀》（王利器等編），北京：北京出版社，2001。

106.《儒家哲學》（梁啟超著），上海：上海人民出版社，2009。

107.《柳如是別傳》（陳寅恪著），上海：上海古籍出版社，1980。

108.《唐代政治史略稿》（陳寅恪著，手寫本），上海：上海古籍出版社，2009。

109. 《管錐編》（錢鍾書著），北京：中華書局，1991；

110. 《管錐編》北京：生活・讀書・新知三聯書店，2007。

111. 《談藝錄》（錢鍾書著），北京：中華書局，1993；

112. 《談藝錄》，北京：生活・讀書・新知三聯書店，2008。

113. 《七綴集》（錢鍾書著），上海：上海古籍出版社，1996；

114. 《七綴集》，北京：生活・讀書・新知三聯書店，2009。

115. 《錢鍾書散文》（錢鍾書著），杭州：浙江文藝出版社，1997；

116. 《寫在人生邊上・人生邊上的邊上石語》，北京：生活・讀書・新知三聯書店，2009。

117. 《宋詩選注》（錢鍾書著），北京：人民文學出版社，1988；

118. 《宋詩選注》，北京：生活・讀書・新知三聯書店，2010。

119. 《宋詩紀事補訂》（錢鍾書補訂），北京：生活・讀書・新知三聯書店，2005。

120. 《錢鍾書手稿集容安館札記》（錢鍾書），北京：商務印書館，2003。

121. 《錢鍾書英文文集》（錢鍾書著），北京：外語教學與研究出版社，2006。

122. 《魯迅全集》，北京：人民文學出版社，1989。

123. 《三松堂全集》（馮友蘭著），鄭州：河南人民出版社，2001。

124. 《歷史哲學》（牟宗三著），桂林：廣西師範大學出版社，2007。

125. 《周易哲學講演錄》（牟宗三著），上海：華東師範大學出版社，2007。

126. 《中國思想史》（葛兆光著），上海：復旦大學出版社，2007。

127. 《士與中國文化》（余英時著），上海：上海人民出版社，2003。

128. 《現代儒學的回顧與展望》（余英時著），北京：生活・讀書・新知三聯書店，2005。

129. 《宋明理學與政治文化》（余英時著），長春：吉林出版集團有限責任公司，2008。

130. 《朱熹的歷史世界》（余英時著），北京：生活・讀書・新知三聯書店，2011。

131. 《中國現代學術經典・康有為卷》（朱維錚編校），石家莊：河北教育出版社，1996

132. 《十家論孔》（蔡尚思主編），上海：上海人民出版社，2006。

133. 《中國古代史》（夏曾佑著），石家莊：河北教育出版社，2003.

134. 《史通通釋》（劉知幾著 浦起龍釋），上海：上海書店（影印），1988。

135. 《二十二史札記》（趙翼著），北京：中國書店（影印）1990。

136. 《陔餘叢考》（趙翼著），北京：中華書局，2006。

137. 《徐復觀論經學史二種》（徐復觀著），上海：上海書店出版社，2006。

138. 《中國思想史論集》（徐復觀著），上海：上海書店出版社，2005。

139. 《中國文學精神》（徐復觀著），上海：上海書店出版社，2006。

140. 《朱子新學案》（錢穆著），成都：巴蜀書社，1987。

141. 《先秦諸子繫年》（錢穆著），北京：九州出版社，2011。

142. 《論語新解》（錢穆著），北京：生活・讀書・新知三聯書店，2002。

143. 《孔子傳》（錢穆著），北京：生活・讀書・新知三聯書店，2002。

144. 《國史大綱》（錢穆著），北京：商務印書館，2008。

145. 《中國歷代政治得失》（錢穆著），北京：生活・讀書・新知三聯書店，2008。

146. 《中國文學論叢》（錢穆著），北京：生活・讀書・新知三聯書店，2002。

147. 《中國文化史》（陳登原著），瀋陽：遼寧教育出版社，1998。

148. 《十三經概論》（蔣伯潛著），上海：上海古籍出版社，2010

149. 《思辨錄》（王元化著），上海：上海古籍出版社，2004。

150. 《優入聖域：權力、信仰與正當性》（黃進興著），北京：中華書局，2010。

151. 《聖賢與聖徒》（黃進興著），北京：北京大學出版社，2005。

152. 《經學通志》（錢基博著），桂林：廣西師範大學出版社，2009。

153. 《中國文學史》（錢基博著），上海：東方出版中心，2008。

154. 《中國政治思想史》（蕭公權著），北京：新星出版社，2005。

155. 《中國文化要義》（梁漱溟著），上海：上海人民出版社，2003。

156. 《讀經示要》（熊十力著），北京：中國人民大學出版社，2009。

157. 《中國現代學術經典・熊十力卷》（王守常編），石家莊：河北教育出版社，1996。

158. 《中國現代學術經典・陳師曾卷》，石家莊：河北教育出版社，1996。

159. 《中國古代社會研究》（郭沫若著），石家莊：河北教育出版社，2004。

160. 《李白與杜甫》（郭沫若著），北京：人民文學出版社，1971。

161. 《中國人史綱》（柏楊著），長春：時代文藝出版社，1987。

162. 《柏楊曰》（柏楊著），北京：中國友誼出版公司，1998。

163.《隋唐五代史》（王仲犖著），上海：上海古籍出版社，2004。

164.《唐代科舉與文學》（傅璇琮著），西安：陝西人民出版社，2007。

165.《宋明理學》（陳來著），上海：華東師範大學出版社，2008。

166.《中國佛教發展史略》，《南懷瑾選集》（第五卷），上海：復旦大學出版社，2003。

167.《中國禪宗史》（印順著），北京：中華書局，2010。

168.《中國禪學思想史綱》（洪修平著），南京：南京大學出版社，1996。

169.《杜甫詩歌講演錄》（莫礪鋒），桂林：廣西師範大學出版社，2007。

170.《杜甫詩論集》（金啓華著），長春：吉林人民出版社，1979。

171.《中國詩歌史論》（龔鵬程著），北京：北京大學出版社，2008。

172.《杜詩雜說全編》（曹慕樊著），北京：生活・讀書・新知三聯書店，2009。

173.《中國詩學之精神》（胡曉明著），南昌：江西人民出版社，2001。

174.《佛教與中國文學》（孫昌武著），上海：上海人民出版社，2007。

175.《畫爲心聲：畫像石、畫像磚與壁畫》（邢義田著），北京：中華書局，2011。

176.《天下一家：皇帝、官僚與社會》（邢義田著），北京：中華書局，2011。

177.《葉嘉瑩說初盛唐詩》（葉嘉瑩著），北京：中華書局，2008。

178.《從遊士到儒士——漢唐士風與文風論稿》（查屏球著），北京：中華書局，2005。

179.《禪與唐宋作家》（姚南強著），南昌：江西人民出版社，1998。

180.《唐宋史論叢》（孫國棟著），上海：上海古籍出版社，2010。

181.《說文解字義證》（桂馥），濟南：齊魯書社，1994。

182.《說文解字注》（段玉裁）杭州：浙江古籍出版社，1998。

183.《實用人類學》（康德著 鄧曉芒譯），上海：上海人民出版社，2005。

184.《歷史哲學》（黑格爾著 王造時譯），上海：上海書店出版社，1999。

185.《中國古代科學思想史》（李約瑟著），南昌：江西人民出版社，2000。

186.《孔子與中國之道》（顧立雅著），鄭州：大象出版社，2006。

187.《中國文論：英譯與評論》（宇文所安著），上海：上海社會科學院出版社，2003。

188.《日本學者研究中國史論著選譯》（第四卷六朝隋唐）（劉俊文主編），北京：中華書局，1992。

189.《日本學者研究中國史論著選譯》(第五卷五代宋元)(劉俊文主編)，北京：中華書局，1993。

190.《拉奧孔》(萊辛著 朱光潛譯)，北京：人民文學出版社，2009。

191.《林中路》(海德格爾著)，上海：上海譯文出版社，2007。

192.《讀〈資本論〉》(阿爾都塞著 李其慶、馮文光譯)，北京：中央編譯出版社，2008。

193.《哲學與政治——阿爾都塞讀本》(陳越編)，長春：吉林人民出版社，2005。

194.《散文理論》(什克洛夫斯基著)，南昌：百花洲出版社，1994。

195.《眞理與方法》(加達默爾著)，上海：上海譯文出版社，2005。

196.《哲學闡釋學》(加達默爾著)，上海：上海譯文出版社，2004。

197.《伽(加)達默爾集》(嚴平 編選)，上海：上海遠東出版社，2003。

198.《歷史與眞理》(保羅·利科著)，上海：上海譯文出版社，2006。

199.《詮釋與過度詮釋》(艾柯 等著)，北京：生活·讀書·新知三聯書店，1997。

200.《疾病的隱喻》(蘇珊·桑塔格著)，上海：上海譯文出版社，2003。

201.《元史學：十九世紀歐洲的歷史想像》(海登·懷特著)，南京：譯林出版社，2004。

202.《審美經驗與文學闡釋學》(漢斯·羅伯特·姚斯著)，上海：上海譯文出版社，1997。

203.《文化與帝國主義》(薩義德著)，北京：生活·讀書·新知三聯書店，2003。

204.《現代詩歌的結構：19世紀中期至20世紀中期的抒情詩》(胡戈·弗里德里希著)，南京：譯林出版社，2010。

205. The City of God against the Pagans, by Augustine. Cambridge University Press,1998。

206. Notes to literature,volume Ⅰ,by T.W.Adorno.Columbia University Press,1991。

207. The Blackwell Guide to Literary，by Theory Gregory Castle.Blackwell Publishing Ltd,2007。

208. The Spirit of the Laws,by Montesquieu.Cambridge University Press,1989。

209. The Trouble with Confucianism,by Wm.Theodore de Bary.Harvard University Press,1991。

210. The Reader's Companion to World Literature(2th edition),by Calvin S. Brown.Signet Classics,2002。

211. The First New Science,by Vico. Cambridge University Press,2002。

212. The Golden Bough,part Ⅴ Spirits of the Corn and of the Wild,vol. Ⅱ,by James George Frazer. Macmillan Press ltd,1980。

213. An Essay on the History of Civil Society,by Ferguson.Cambridge University Press,1995。

214. The World-conception of the Chinese,by Alfred Forke：Arno Press,1975。

215. The Cambridge Companion to Heidegger,edited by Charles Guignon. Cambridge University Press,1993.

216. Critical Theory Since Plato,3th edition.edited by Hazard Adams and Leroy Searle,by Thomson Wadsworth,2005.

後　記

　　C.S.Lewis 在《納尼亞傳奇》（The Chronicles of Narnia）的獻辭中說，當完成此書的時候，他發現孩子們都長大了，似乎不太適合讀這些童話了（I had not realized that girls grow quicker than books.As a result you are already too old for fairy tales.）當白紙黑字的博士學位論文擺在面前的時候，我也有著類似的感慨：這已經是第六稿了，和一年多前開題報告時的設想比較，簡直是面目全非，令人瞠目！在論文寫作過程中，老是想著，假如再年輕一點，我是否有能力完成論文的寫作。萊布尼茨，二十來歲就拿到博士學位，尼采在二十四歲就被聘為古典語言學教授！〔註1〕像我這樣到了孔子所謂的不惑之年，尚滿頭霧水，似乎一直宿醉未醒；被博士學位論文折磨得痛不欲生，欲罷不能，對自己是否能順利通過盲審和論文答辯感到忐忑不安，惶惶不可終日──只能慨歎，人之賢愚眞是不可以道里計呀！

　　在他的革命伴侶瑪麗・白恩士去世後，給馬克思的信中，恩格斯

〔註1〕Leibniz（1646～1716）,submitted a thesis for the degree of doctor of law at age of 20. Nietzshe（1844～1900）, in 1869, was appointed to the chair in philology at Basel ,although at the time he was only 24 years old,and had none of the formal qualifications usually required （Leipzig happily gave him his doctorate without requiring any examination or thesis）,
（Oxford Dictionary of Philosophy, by Simon Blackburn,Oxford University Press, 1996：215：261.）

慨歎青春隨著瑪麗的死而永遠離開自己了；這時候，恩格斯是四十三歲。〔註2〕博士論文的完成，對我也是一個標誌性事件：我感覺自己好像剛剛有點上路，㖊摸出點味道，學術生涯才開始，卻也膽戰心驚地發現自己生理上已是中年；博士學位論文的完成，是我青年時代的結束；也表明我煞有介事地心甘情願地選擇學術作為後半生的主要對象——至於學術之路上能走多遠，真是天知道！不容樂觀吶！唯一能肯定的就是，我要堅持往前走，一步一個腳印地。

在《宋詩選注》中，錢鍾書極其稱讚尤袤的「一聯好句」：「胸中襞積千般事，到得相逢一語無！」〔註3〕《西廂記》第五本第四折裏，鶯鶯遇見張生，「及至相逢一句也無，只道個先生萬福」。論文寫作過程，充滿了酸甜苦辣，像一場設定目標的探險，經歷了種種意想不到的肉體和精神的磨難與驚險；但我此時卻也不知從何說起，只能讓它們在心裏發酵。好在只是我一己哀樂，無關大局，不說也罷。

2012 年 5 月 21 日

附識：

本次校定，主要做的是繁簡字體轉換，對文獻徵引的體例盡量統一，對正文個別字句有所切換。因為 2015 年出版的拙書《想不到的西遊記》與本論文有相互發明的地方，我們插入四條「參見」；其它仍舊。

於買個書房 2018 年 1 月 6 日雪夜。

〔註2〕1863 年 1 月 26 日，恩格斯致馬克思的信：「同一個女人在一起生活了這樣久，她的死不能不使我深為悲慟。我感到，我僅餘的一點青春已經同她一起埋葬掉了。」(《馬克思恩格斯全集》第 30 卷。北京：人民出版社，1974：314。

〔註3〕錢鍾書著《宋詩選注》，北京：生活・讀書・新知三聯書店，2010：332。